구운몽

수능대비 한국문학 필독서 08
구운몽

지은이 김만중
엮은이 김성해
펴낸이 임상진
펴낸곳 (주)넥서스

초판 발행 2013년 6월 10일

2판 1쇄 인쇄 2018년 7월 15일
2판 1쇄 발행 2018년 7월 20일

출판신고 1992년 4월 3일 제311-2002-2호
주소 10880 경기도 파주시 지목로 5
전화 (02)330-5500 팩스 (02)330-5555

ISBN 979-11-6165-441-6 44810

이 도서의 국립중앙도서관 출판예정도서목록(CIP)은
서지정보유통지원시스템 홈페이지(http://seoji.nl.go.kr)와
국가자료공동목록시스템(http://www.nl.go.kr/kolisnet)에서
이용하실 수 있습니다.
(CIP제어번호 : CIP2018020818)

www.nexusbook.com

수능대비 한국문학 필독서
08

구운몽

김만중

김성해 엮음 · 해설

넥서스

• 일러두기

1. 시대 분위기와 작가의 개성이 드러나는 문장이나 방언, 속어, 고어 등은 원문 표기를 따랐다.

2. 원본 한자는 한글로 바꾸고 작품의 이해에 필요한 경우에만 한자를 병기하였다.

3. 독자들의 이해를 높이기 위해 필요한 경우 괄호 속에 뜻풀이를 달았다.

김만중 대표 작품 해설

구운몽

김만중 [金萬重, 1637(인조 15년) ~ 1692(숙종 18년)]

본관은 광산, 자는 중숙(重叔), 호는 서포(西浦). 현종 6년(1665년) 정시문과(庭試文科)에 장원 급제하여 정언(正言) 교리(校理) 등의 여러 벼슬에 올랐다.

숙종의 첫 왕비였던 인경왕후의 숙부로, 임금 앞에서 자신의 생각을 거침없이 말하는 강직한 성격을 지녀 벼슬에서 쫓겨나고, 김 씨 성을 쓰지 못하는 벌을 받기도 했다. 후에 예조참의로 복귀하여 대사헌, 대제학에까지 벼슬이 올랐다. 그러나 숙종이 인현왕후를 폐비시키고 희빈 장 씨를 중전으로 삼으려 하자 이를 반대하다가 남해에 유배당하였다. 이러한 와중에 어머니 윤 씨가 아들의 안부를 걱정하다 끝내 병으로 세상을 떠나자 장례식에도 참석하지 못하는 것을 슬퍼하다가 유배지인 남해에서 56세로 세상을 떠났다.

그는 소설을 천한 것으로 여기던 조선 시대에 소설의 가치를 인식하고 창작했으며, 우리 문학은 한글로 쓰는 것이 옳다고 주

장하며 국문 소설의 황금시대를 가져오는 데 공헌했다. 또한 유
교 이외의 가치가 부정되던 사회에서 불교를 전면적으로 내세
우는 이야기를 쓰는 등 진보적인 모습을 보였다. 대표작으로는
《구운몽》,《사씨남정기》등이 있다.

구운몽

◆ 작품 개관

《구운몽》은 성진과 팔 선녀(양소유와 2처 6첩)라는 아홉 명의 등
장인물을 상징하는 아홉 '구(九)', 인생은 시시 때때로 변하는 구
름과 같이 덧없는 것이라는 뜻으로 구름 '운(雲)', 인생의 참된 진
리를 꿈을 통해 깨닫는다는 꿈 '몽(夢)'을 합친 말이다. 작가는 작
품의 제목을 통해 독자에게 전하려는 주제를 간결하고도 명확하
게 전달하고 있다.

◆ 줄거리

중국 당나라 때 남악 형산 연화봉에서 서역으로부터 불교를 전
하러 온 육관대사가 법당을 짓고 불교를 전파하였다. 동정호의
용왕도 육관대사의 법회에 참석하였는데, 육관대사는 제자인 성
진을 용왕에게 보내 감사한 마음을 전하였다. 형산의 선녀인 위

부인은 팔 선녀를 육관대사에게 보내 법회에 참석하지 못함을 사과하였다. 용왕이 베푼 잔치에서 돌아오던 성진은 팔 선녀와 돌다리에서 마주치자 잠시 서로 말을 주고받으며 희롱한다.

돌아온 성진은 팔 선녀의 미모를 떠올리며 수행 생활에 적적함과 실망을 느끼고 유교적 입신양명을 꿈꾸다 육관대사에 의해 인간 세상으로 추방된다.

성진은 회남 수주현에 사는 양 처사의 아들 양소유로 태어난다. 양소유는 15세가 되어 과거를 보러 떠나게 되는데 화음현에서 진 어사의 딸 진채봉을 만나 서로 마음이 맞아 자기들끼리 혼약한다. 그때 구사량이 난을 일으켜 양소유는 남전산으로 피난하게 되는데, 그곳에서 도사를 만나 음률을 배운다. 한편 진채봉은 아버지가 죽은 뒤 관원에게 잡혀 서울로 끌려간다.

다음해 다시 과거를 보러 가던 양소유는 낙양 천진교의 시를 짓는 모임에 참석하였다가 기생 계섬월과 인연을 맺고, 서울에 당도한 후에는 여자로 변장하여 정 사도의 딸 정경패를 만나는 데 성공한다. 과거에 급제한 양소유는 정 사도의 사위가 되기로 하는데, 정경패는 양소유에게 속은 것에 대한 복수로 자신의 시종인 가춘운으로 하여금 선녀처럼 꾸며 양소유를 유혹하게 한다. 이 일로 양소유는 가춘운과도 인연을 맺는다.

이때 하북의 세 왕이 역모를 꾀하여 양소유가 절도사로 나가 이들을 다스리고 돌아오는 길에 계섬월을 다시 만나 밤을 함께 지내는데, 이튿날 다시 보니 그 여자는 계섬월이 아니라 하북의 유명한 기생인 적경홍이었다. 양소유는 두 여자와 나중을 기약하고 헤어진 후 돌아와 예부 상서의 벼슬을 받는다.

진채봉은 서울로 잡혀 온 뒤 궁녀가 되어 황제의 관심을 받지만 거부하는데, 진채봉과 양소유의 관계를 알게 된 황제는 진채봉을 용서한다. 한편 양소유는 어느날 밤 난양 공주의 퉁소 소리에 답한 것이 인연이 되어 난양 공주의 신랑감으로 간택되지만, 양소유는 정경패와의 약혼을 이유로 난양 공주와의 혼인을 거부하다가 투옥된다.

그때 토번왕이 침범해 오자 양소유는 대원수가 되어 출전한다. 그러다 진지의 안까지 침입한 여자 검객 심요연과 인연을 맺게 되고, 심요연은 자신의 사부에게 돌아가면서 나중에 다시 만날 것을 기약한다.

그동안 난양 공주는 양소유가 자신과의 혼인을 거부한 것에 대한 슬픔에 빠져 있다가 양소유의 거절 이유였던 정경패를 만나는데, 자신의 정체를 숨기고 만났던 정경패의 인물됨에 크게 감동하여 어머니인 황태후에게 정경패를 딸로 삼을 것을 부탁하여 정경패는 제1공주인 영양 공주가 된다.

토번왕을 물리치고 돌아오던 양소유는 동정호 용왕의 딸인

백능파가 위기에 빠진 것을 알고 구해 주고 인연을 맺는다. 그는 돌아와서 위국공의 자리에 오르고 영양 공주, 난양 공주와 혼인을 한다. 그러는 가운데 궁에서 마주친 진 궁녀가 진채봉임을 알게 되고, 고향으로 돌아가 어머니를 모시고 돌아오는 길에 낙양에서 계섬월과 적경홍을 데리고 온다. 이후 심요연과 백능파도 찾아온다.

양소유는 2처 6첩을 거느리고 행복한 가정을 이루어 부귀영화를 누린다. 오랜 세월이 지난 어느 날, 양소유는 생일을 맞아 종남산에 올라 여덟 아내와 춤과 노래로 즐기다가 역대 영웅들의 황폐한 무덤을 보고 문득 인생의 무상함에 대한 슬픔을 느낀다. 양소유는 자신이 불법의 도를 닦아 깨달음을 얻고자 하는데 그때 노승(육관대사가 변신한 모습)이 찾아와 이야기를 나누다가 비로소 꿈임을 깨닫고 자신이 육관대사의 앞에 있음을 알게 된다. 성진은 자신이 헛된 욕심을 부렸던 이전의 죄를 뉘우치고, 팔 선녀와 함께 육관대사의 후계자가 된다. 아홉 사람은 열심히 불도를 닦아 극락세계로 돌아간다.

◆ **주요 등장인물**

성진(양소유) 육관대사의 수제자. 속세에 욕심과 미련을 두고 있다가 육관대사로 인해 양소유라는 인물로 환생한다. 속세에서 팔선녀와 더불어 갖은 부귀영화를 누리지만 그것이 한순간의 허무한 꿈임을 깨닫는다.

육관대사 깨달음을 얻은 승려. 성진의 스승으로 성진이 속세에 대한 욕심을 가지고 있는 것을 알고 꿈을 꾸게 해서 스스로 깨달음을 얻을 수 있도록 해 준다. 성진이 양소유가 되는 꿈속에 노승으로 나타나기도 한다.

팔 선녀 위부인의 시녀들로 성진과 같이 속세에 대한 미련을 가지고 있다가 성진과 함께 속세에서 여덟 여인으로 환생하여 양소유의 부인과 첩이 된다.

진채봉 양소유가 과거를 보러 가다가 가장 처음 만나게 되는 여인. 나라에 큰 난이 일어나 아버지가 역모죄로 죽는 등의 사건에 휘말려 양소유와 헤어졌다가 후에 궁녀가 되어 다시 만난다.

계섬월 낙양의 이름난 기생. 양소유와 인연을 맺은 후에는 다른 남자를 만나지 않으며 정조를 지키다가 후에 양소유가 연왕을 항복시키고 돌아오는 길에 다시 만난다.

정경패 정 사도의 딸. 대대로 정승을 지낸 가문 출신이다. 양소유와 혼인을 약속했지만 황태후가 난양 공주를 양소유와 혼인시키려는 과정에서 파혼당할 위기에 놓인다. 하지만 뛰어난 용모와 재주로 황태후의 양녀가 되어 영양 공주로 불리며 양소유의 제1부인이 된다.

가춘운 정경패의 시종. 매우 뛰어난 미녀이다. 고아가 된 것을 정 사도가 데려다 정경패와 놀게 하며 키웠고, 정경패와 함께하기 위해 양소유의 첩이 된다.

적경홍 가난한 시골의 천한 집 딸. 계섬월과 더불어 이름난 기생이다. 계섬월과는 친구 사이로, 나중에 뛰어난 남자를 만나 함께 살기로 약속했다. 양소유가 벼슬길에 오른 후 연왕을 항복시키고 돌아오는 길에 남장을 한 채로 제자가 되기 위해 왔다고 하여 양소유와 함께하다 우연찮게 계섬월을 만나 여자임을 밝히고, 양소유의 첩이 된다.

이소화 난양 공주. 천자의 친동생으로 밤에 피리를 불다 양소유를 만난다. 양소유가 정경패와의 약속 때문에 난양 공주와의 결혼을 거절하자 정체를 숨기고 정경패를 만나 뛰어난 외모와 재주를 보고 태후를 설득하여 함께 부인이 되기를 부탁한다.

심요연 양소유가 토번과의 전쟁에 참가했을 때 양소유를 해치기 위해 토번에서 보낸 자객들을 물리치고 양소유의 첩이 된다.

백능파 동정호 용왕의 딸로 남해 용왕의 아들에게 정조를 위협받고 숨어 있다가 토번을 물리치고 오던 양소유에게 도움을 받아 구출된다.

위부인 중국의 남악 형산을 다스리는 여자 신선.

어머니, 제 걱정은 마십시오.

《구운몽》은 조선 숙종 때 김만중이 지은 소설이다. 한글본과 한문본을 포함하여 열 가지가 넘는 책으로 전해지는데, 대체로 한글 소설로 분류된다. 조선 정조 때의 실학자 이규경의 백과사전식 책인 《오주연문장전산고》에 의하면 《구운몽》은 김만중이 귀양지에서 쓸쓸해하는 어머니 윤 씨를 위해 지었다고 한다. 이를 추정해 보면 인현왕후의 폐비에 반대하다가 남해로 귀양을 갔던 1689년경에 지었던 것으로 보인다.

서포 김만중은 조정의 당파 싸움으로 나라가 어지러웠던 17세기에 이름난 명문가의 후예로 태어났다. 어려서 아버지가 돌아가시자 어머니 윤 씨는 가난한 살림에도 책값을 아끼지 않고 아들 교육에 힘썼다. 그 결과 14세에 과거에 급제한 김만중은 후에 높은 벼슬에 올랐는데, 자신의 성공 뒤에는 어머니의 노력이 있음을 알기 때문에 효심이 매우 깊었다. 이처럼 어머니 윤 씨는 김만중의 삶과 생각에 많은 영향을 끼쳤다.

김만중은 《구운몽》에서 이 세상에 대한 모든 집착과 슬픔에서 벗어나야 진정한 깨달음을 얻을 수 있다는 이야기를 전한다. 이 작품이 김만중이 나이 든 어머니를 위해 귀양지에서 지은 작품이라고 생각할 때, 몸과 마음이 쇠약해진 어머니에게 현재의 세상이 중요한 것이 아님을 전하면서 위로하려는 것이라는 해석과, 의연하고 당당한 어머니에 비해 늘 약한 모습만 보였던 자신이 드디어 깨달음을 얻었음을 알리고자 했다는 해석으로 나뉜다.

◆ 작품의 구조

속세에 대한 욕망이 깨달음이 되는 과정

《구운몽》은 성진이 세상의 온갖 부귀영화를 누리는 꿈을 꾸고 깨어나서 커다란 깨달음을 얻는다는 내용을 커다란 틀로 한다. 그리하여 인간의 부귀영화는 모두 하룻밤의 꿈에 불과하다는 이야기를 전한다.

이 작품은 《삼국유사》에 실린 〈조신 설화〉에서 영향을 받았다. 〈조신 설화〉은 젊은 승려인 조신이 절에 찾아온 미녀를 보고 마음이 혹하여 함께 속세에서 살았으나, 행복하기는커녕 온갖 고난을 겪으며 험난한 인생을 보내다가 잠에서 깨어 세속의 욕망이 모두 덧없음을 깨닫고 계속해서 수행을 한다는 내용이다. 이는 《구운몽》의 기본적인 이야기 구조와 매우 비슷한데, 불교적인 사상에 기반을 둔 〈조신 설화〉와 달리 《구운몽》은 유교와 불교, 도교의 사상이 모두 포함된 작품으로 평가받는다.

《구운몽》은 신선 세상과, 육관대사와 성진이 불도를 닦는 곳을 '현실 세계'로, 성진과 팔 선녀가 죄를 짓고 쫓겨난 인간 세상을 '꿈속 세계'로 하여 이야기를 전개한다. 이 속에는 각기 불교를 상징하는 연화도량과 도교를 상징하는 신선 세상에서 쫓겨난 양소유와 팔 선녀가 유교의 질서로 유지되는 인간 세상에서 태어나 서로 만나며 사랑하는 이야기를 하고 있다.

이와 같이 인간 세상으로 환생한 아홉 사람은 서로 희롱하는 이유가 되었던 금지된 이성에 대한 호기심을 풀고, 성진은 양소유가 되어 최고의 벼슬자리까지 오르며 속세에 대한 미련과 욕심을 풀어낸다.

그러나 나이가 들자 바라던 그 모든 것이 허무해진다는 이야기를 통해 현실 세계의 양반 사대부들이 내세우는 부귀영화와 출세란 것은 한순간의 꿈에 불과하다는 이야기를 하고 있다.

◆ 작품의 감상과 수용

참된 깨달음을 얻는 방법

성진과 양소유 모두 자신의 삶에 지루함을 느끼고 이렇게 살아도 되는가 하는 의문을 가진다. 성진은 지루한 불가의 수도 생활 대신 마음껏 사랑하고 사회적으로 크게 출세하는 삶을 바라고, 양소유는 사랑하는 여인들과 마음껏 사랑하며 사회적으로 크게 출세하는 삶에 대한 허무함을 느끼며 불교적 깨달음을 얻는 수도 생활을 꿈꾼다.

그러나 성진과 양소유는 결국 한 사람이다. 그는 깨달음을 위한 삶에 대한 의문과 의문을 통한 삶의 깨달음을 통해 새로운 모습으로 다시 태어난다. 결국 삶에서 느끼는 갈등과 고민은 스스로의 힘으로 극복하고, 새로운 모습으로 삶에 다가가는 자세를 지녀야 한다는 것이다.

《구운몽》은 아홉 명의 주인공, 특히 성진의 현실에서 성진이 느끼는 고민과 그 고민이 해결되는 과정을 '꿈'이라는 방법을 통해 보여 준다. 꿈꾸기 전의 성진은 높은 경지에 닿을 수 있는 순수한 인간이지만, 꿈속에서 양소유로 살아가는 모습에서는 매우 세속적이고 본능적인 모습을 보인다. 이런 세속적이며 본능적인 자아를 극복하고, 보다 높고 순수한 차원으로 다시 되돌아 온 성진은, 꿈을 꾸기 전인 가능성을 가진 인간에서 그치는 것이 아니라, 그 순수의 경지에 닿아 가는 한 단계 성장한 인간이 된 것이다.

따라서 이러한 성진의 삶이 계속해서 앞으로 나아가는 것임을 생각해 보았을 때, 《구운몽》은 그것이 '꿈'이라는 것에 의미가 있는 것이 아니라, 꿈이라는 허황된 세계를 통해 '참된 것'을 찾는 것에 큰 의미가 있다.

허망한 현실을 극복하는 방법

《구운몽》은 유교와 불교, 도교의 요소가 두루 들어 있는 작품이다. 육관대사의 제자 성진이 잠이 들었다가 깨어나 자신의 욕심이 허망한 것이라는 것을 깨닫는 이 이야기의 기본 설정은 (육관대사가 《금강경》을 늘 가르쳤다는 점을 고려할 때) 기본적으로 금강경의 공(空) 사상을 바탕으로 하고 있음을 알 수 있다.

그러나 성진은 꿈속에서 양소유라는 인물로 태어나 아버지 없이 자라다 과거에서 장원 급제를 하고, 나라가 위험에 빠졌을 때에는 직접 대원수로 나가 나라를 위기에서 구한다. 또한 연화봉에서 만나 잠시 희롱하는 바람에 큰 문제가 되었던 여덟 여인을 하나하나 만나며 인연을 맺는다.

이러한 점은 유교에서 추구하는 이상적인 삶인 입신양명(立身揚名)이 바탕이 되어 있다. 사실 이 소설의 대부분이 이런 사랑을 이루는 과정과 성공을 이루는 과정으로 되어 있다는 점을 생각해 보면 유교적인 성공에 대한 열망 역시 작품에서 많은 부분을 차지하고 있다고 할 수 있다.

    그러나 결국 이 모든 성공이 허무한 것이라는 이야기가 작품의 결말부에서 강조되고 있는 점을 보면, 결국 이것은 모든 성공이 아무 것도 아니라는 도교 사상과, 세속적 욕망을 모두 다 버리고 깨달음을 위해 수행의 길로 들어간다는 불교의 공 사상이 다시 한 번 드러난다.

*

    천하에 명산이 다섯이 있으니 동쪽은 동악 태산이요, 서쪽은 서악 화산이요, 남쪽은 남악 형산이요, 북쪽은 북악 항산이요, 가운데는 중악 숭산이다. 오악 중에 오직 형산이 중국에서 가장 멀어 구의산이 그 남쪽에 있고, 동정강이 그 북쪽에 있고, 소상강 물이 그 삼면에 둘러 있으니, 제일 수려한 곳이다. 그 가운데 축용, 자개, 천주, 석름, 연화 다섯 봉우리가 가장 높으니, 수목이 울창하고 구름과 안개가 가리워 날씨가 아주 맑고 햇빛이 밝지 않으면 사람이 그 근사한 진면목을 쉽게 보지 못하였다.

    진나라 때 선녀 위부인(魏夫人)이 옥황상제의 명을 받아 선동(仙童)과 옥녀(玉女)를 거느리고 이 산에 와 지키니, 신령한 일과 기이한 거동은 다 헤아리지 못할 정도였다.

당나라 시절에 한 노승이 있어 서역 천축국에서 와 연화봉 경치를 사랑하여, 제자 오륙백 인을 데리고 연화봉 위에 법당을 크게 지었으니, 혹 육여화상이라 하기도 하고 혹 육관대사라 하기도 하였다.

그 대사가 대승법(大乘法)으로 중생을 가르치고 귀신을 다스리니 사람이 다 공경하여 생불(生佛)이 세상에 나왔다 하였다. 무수한 제자 가운데 성진이라 하는 중이 삼장경문(三藏經文)을 모르는 것이 없고 총명한 지혜를 당할 사람이 없으니, 대사가 극히 사랑하여 입던 옷과 먹던 바리때를 성진에게 전하고자 하였다.

대사가 매일 모든 제자와 함께 불법을 강론하는데 동정(洞庭) 용왕이 백의(白衣) 노인으로 변하여 법석(法席)에 참예해 경문을 들었다.

대사가 제자를 불러 말하였다.

"나는 늙고 병들어 산문(山門) 밖에 나가지 못한 지 십여 년이니 너희 제자 중에 누가 나를 위하여 수부(水府)에 들어가 용왕께 보답하고 돌아오겠는가?"

성진이 두 번 절하며 말하였다.

"소자가 비록 불민(不敏)하오나 명을 받아 가겠습니다."

대사가 크게 기뻐하며 성진을 명하여 보내니 성진이 일곱 근이나 되는 가사(袈裟)를 떨쳐입고 육환장(六環杖)을 둘러 짚고 표연히 동정을 향해 갔다. 얼마 후에 문을 지키는 도인이 대사께 고하여 말하였다.

"남악 위부인이 여덟 선녀를 보내어 문밖에 왔습니다."

대사가 명하여 부르시니 팔 선녀가 차례로 들어와 인사하고 꿇어앉아 부인의 말씀을 여쭈어 말하였다.

"대사는 산 서편에 계시고 저는 산 동편에 있어 떨어진 거리가 멀지 아니하지만 자연히 일이 많아 한 번도 법석에 나아가 경문을 듣지 못하오니, 사람을 대하는 도리도 없고, 또한 이웃과 교제하는 뜻도 없기에 시비를 보내어 안부를 묻고, 하늘 꽃과 신선의 과일 그리고 칠보문금(七寶紋錦)으로 구구한 정성을 표합니다."

하고, 각각 선과(仙果)와 보배를 눈 위에 높이 들어 대사께 드렸다. 대사가 친히 받아 시자(侍子)를 주어 불전에 공양하고, 또 합장하여 사례하며 말하였다.

"노승이 무슨 공덕이 있기에 이렇듯 상선(上仙)의 풍성한 선물을 받겠는가?"

하며, 이어서 큰 재(齋)를 베풀어 팔 선녀를 대접하여 보냈다.

팔 선녀가 대사께 하직하고 산문 밖에 나와 서로 손을 잡고 말하였다.

"이 남악의 물 하나 산 하나가 다 우리의 집 경계인데 육환대
사가 거처 기거하신 후로는 동서로 분명히 나뉘게 되어 연화봉
의 아름다운 경치를 지척에 두고도 구경하지 못한 지 오래되었
다. 이제 우리 부인의 명을 받아 이 땅에 왔으니 만나기 힘든 좋
은 기회라, 또 봄빛이 좋고 해가 저물지 아니하였으니 이 좋은
때를 맞아 저 높은 대에 올라 흥을 타며 시를 읊어 풍경을 구경
하고 돌아가 궁중에 자랑하는 것이 어떠한가?"
하고, 서로 손을 이끌고 천천히 걸어 올라 폭포에 나아가 흐름
을 보고 물을 쫓아 내려가 돌다리 위에서 쉬었다.

이때는 바로 춘삼월이었다. 화초는 만발하고 구름과 안개는
자욱한데 봄새 소리에 춘흥이 호탕하고 물색이 사람을 붙잡는
듯하여, 팔 선녀가 자연 몸과 마음이 산란하고 춘흥이 일어나
차마 떠나지 못하여 편안히 웃고 말하며 돌다리에 걸터앉아 경
치를 즐겼다. 낭랑한 웃음은 물소리에 어울리고 아름답고 고운
얼굴은 물 가운데 비치어 완전히 한 폭의 미인도를 이루었는데,
마치 미인도를 잘 그린 주방(周昉)의 손아래에 갓 나온 듯하였
다. 팔 선녀는 그 그림자를 스스로 즐기며 떠날 줄 모르다가 산
속의 해가 저물어 가는 것도 깨닫지 못하였다.

이때 성진이 동정에 가 물결을 헤치고 수정궁(水晶宮)에 들어

가니 용왕이 크게 기뻐하여 몸소 문무(文武) 여러 신하를 거느리고 궁문 밖에 나가 맞아 들어갔다. 자리를 정한 후에 성진이 땅에 엎드려 대사의 말씀을 낱낱이 아뢰니, 용왕이 공경하여 사례하고 잔치를 크게 베풀어 성진을 대접할 때, 신선의 과일과 채소는 인간 세상의 음식과 같지 않았다.

용왕이 잔을 들어 성진에게 삼배(三盃)를 권하여 말하였다.

"이 술이 좋지는 않으나 인간 세상의 술과는 다르니 과인(寡人)의 권하는 정을 생각하라."

성진이 재배하여 말하였다.

"술은 사람의 정신을 해치는 것이라 불가(佛家)에서 크게 경계하니 감히 먹지 못하겠습니다."

용왕이 지성으로 권하니 성진이 감히 사양치 못하여 석 잔의 술을 먹은 후에 용왕께 하직하고 수궁에서 떠나 연화봉으로 행하였다. 연화산 아래에 당도하니 취기가 크게 일어나 갑자기 생각하여 말하였다.

'사부(師傅)께서 만일 나의 취한 얼굴을 보면 반드시 무거운 벌을 내리실 것이다.'

하고, 가사를 벗어 모래 위에 놓고 손으로 맑은 물을 쥐어 얼굴을 씻었다. 문득 기이한 향내가 바람결에 진동하니 마음이 몹시 산란해졌다.

성진이 이상히 여겨 말하였다.

"이 향내는 예사로운 초목의 향내가 아니다. 이 산 중에 무슨 기이한 것이 있는가?"

하고, 다시 의관을 정제하고 길을 찾아 올라가니, 이때 팔 선녀가 돌다리 위에 앉아 있었다.

성진이 육환장을 놓고 합장하여 재배하고 말하였다.

"보살님들은 잠깐 소승(小僧)의 말씀을 들어주십시오. 천승(賤僧)은 연화도량 육관대사의 제자로서 사부의 명을 받아 용궁에 갔다 오는데, 이 좁은 다리 위에 보살님들이 앉아 계시니 천승이 갈 길이 없어 부탁합니다. 잠깐 옮겨 앉아서 길을 빌려 주십시오."

팔 선녀가 대답하고 절하며 말하였다.

"첩 등은 남악 위부인의 시녀인데 부인의 명을 받아 연화도량 육관대사께 문안하고 돌아오는 길에 이 다리 위에 잠깐 쉬고 있습니다. 《예기(禮記)》에 '남자는 왼편으로 가고, 여자는 오른편으로 간다.' 하였습니다. 첩 등이 먼저 와 앉았으니, 원컨대 화상(和尙)께서는 다른 길을 구하십시오."

성진이 답하여 말하였다.

"물은 깊고 다른 길이 없으니 어디로 가라 하십니까?"

선녀가 대답하여 말하였다.

"옛날 달마존자(達磨尊者)라 하는 대사는 연꽃잎을 타고도 큰 바다를 육지같이 왕래하였으니, 화상이 진실로 육관대사의 제자라면 반드시 신통한 도술이 있을 것이니, 어찌 이 같은 조그마한 물을 건너기를 염려하시며 아녀자와 길을 다투십니까?"

성진이 크게 웃으며 말하였다.

"모든 낭자의 뜻을 보니 이는 반드시 값을 받고 길을 빌려 주시고자 하는 것이니, 본디 가난한 중이라 다른 보화는 없고 다만 행장에 지닌 백팔염주를 값으로 드리겠습니다."

하고, 목의 염주를 벗어 손으로 만지더니 복숭아꽃 한 가지를 던졌다. 팔 선녀가 그 꽃을 구경하니 꽃이 변하여 네 쌍의 구슬이 되었고, 그 빛이 땅에 가득하고 상서로운 기운은 하늘에 사무치니 향내가 천지에 진동하였다.

팔 선녀가 그제야 일어나 움직이며 말하였다.

"과연 육관대사의 제자구나."

하며, 각각 하나씩 손에 쥐고 성진을 서로 돌아보고 웃으며 바람을 타고 공중을 향해 갔다.

성진이 홀로 돌다리 위에서 눈을 들어보니 팔 선녀는 간 곳이 없었다.

한참 후에 채색 구름이 흩어지고 향내가 사라지니 성진이 마음을 진정치 못하여 홀린 듯 취한 듯 돌아와 용왕의 말씀을 대사께 아뢰자, 대사가 말하였다.

"어찌 늦었는가?"

성진이 대답해 말하였다.

"용왕이 심히 만류하기에 차마 떨치지를 못하여 지체하였습니다."

대사가 대답하지 아니하고,

"네 방으로 가라."

하였다.

성진이 돌아와 밤에 혼자 빈방에 누우니 팔 선녀의 말소리가 귀에 쟁쟁하고 얼굴빛이 눈에 아른거려 앞에 앉아 있는 듯, 옆에서 당기는 듯 마음이 황홀하여 진정치 못하다가 문득 생각하였다.

'남자로 태어나서 어려서는 공자와 맹자의 글을 읽고, 자라서는 요순 같은 임금을 섬겨, 나가면 백만 대군을 거느려 적진에 횡행하고, 들어서는 백관(百官)을 장악하는 재상이 되어 몸에는 비단 두루마기를 입고, 허리에는 황금으로 만든 도장을 차고, 임금을 섬기고 백성을 달래며, 눈에는 아리따운 미색을 희롱하고, 귀에는 좋은 풍류 소리를 들으며, 영화를 당대에 자랑하고 공명을 후세에 전하면 그것이야말로 진실로 대장부의 일일 텐데. 슬프다, 우리 불가는 다만 한 바리때 밥과 한 잔 정화수

요, 수삼 권 경문과 백팔염주일 따름이요, 그 도가 허무하고 그 덕이 사라져 없어지니, 가령 도통한들 넋이 한 번 불꽃 속에 흩어지면 뉘 한낱 성진이 세상에 났던 줄을 알리오.'

이럭저럭 잠을 이루지 못하여 밤이 이미 깊었다, 눈을 감으면 팔 선녀가 앞에 앉았고 눈을 떠 보면 문득 간 데가 없었다. 성진 이 크게 뉘우쳐 말하였다.

"불법(佛法) 공부는 마음을 정하는 것이 제일인데 이 사사로 운 마음이 이렇듯 일어나니 어찌 앞날을 바라겠는가?"

하고, 즉시 염주를 굴리며 염불을 하는데 갑자기 창밖에서 동자 가 급히 말하였다.

"사형(師兄)은 주무십니까? 사부께서 부르십니다."

성진이 크게 놀라 동자를 따라 바삐 들어가니 대사가 모든 제 자를 거느려 있는데 촛불이 대낮 같았다. 대사가 크게 화를 내 며 말하였다.

"성진아, 네 죄를 아느냐?"

성진이 크게 놀라 신을 벗고 뜰에 내려 엎드려 말하였다.

"소자가 사부를 섬긴 지 십 년이 넘었지만 조금도 불순불공 한 일이 없었으니 죄를 알지 못하겠습니다."

대사가 크게 화를 내며 말하였다.

"네 용궁에 가 술을 먹었으니 그 죄도 있거니와 오가다 돌다리 위에서 팔 선녀와 함께 언어를 희롱하고 꽃을 꺾어 주었으니 그 죄 어찌하며, 돌아온 후 선녀를 그리워하여 불가의 경계는 전혀 잊고 인간 부귀를 생각하니 그러하고서 공부를 어찌하겠느냐. 네 죄가 중하여 이곳에 있지 못할 것이니, 네 가고자 하는 데로 가거라."

성진이 머리를 두드리고 울며 말하였다.

"소자가 죄 있어 아뢸 말씀이 없지만, 용궁에서 술을 먹은 것은 주인이 힘써 권하였기 때문이요, 돌다리에서 수작한 것은 길을 빌리기 위함이었고, 방에 들어가 망령된 생각이 있었지만 즉시 잘못인 줄을 알아 다시 마음을 정하였으니 무슨 죄가 있습니까? 설사 죄가 있다면 종아리나 때리서 경계하실 것이지 박절하게 내치십니까? 소자가 십이 세에 부모를 버리고 친척을 떠나 사부께 의탁하여 머리를 깎아 중이 되었으니, 그 뜻을 말한다면 부자의 은혜가 깊고 사제의 분별이 중하니, 사부를 떠나 연화도량을 버리고 어디로 가라 하십니까?"

대사가 말하였다.

"네 마음이 크게 변하여 산중에 있어도 공부를 이루지 못할 것이니 사양치 말고 가거라. 연화봉을 다시 생각한다면 찾을 날이 있을 것이다."

하고, 이어서 크게 소리쳐 황건역사(黃巾力士)를 불러 분부하여 말하였다.

"이 죄인을 압송하여 풍도(酆都)에 가 염라대왕께 부쳐라."

성진이 이 말씀을 듣고 간장이 떨어지는 듯하였다. 머리를 두드리며 눈물을 흘리고 사죄하여 말하였다.

"사부, 사부님은 들으십시오. 옛적 아란존자(阿難尊者)는 창가(娼家)에 가 창녀와 동침하였지만 석가여래께서 오히려 벌하지 아니하였으니, 소자가 비록 근신하지 않은 죄가 있으나 아란존자에게 비하면 오히려 가벼운데, 어찌 연화봉을 버리고 풍도로 가라 하십니까?"

대사가 말하였다.

"아란존자는 비록 창녀와 동침하였으나 그 마음은 변치 아니하였지만, 너는 한 번 요색(妖色)을 보고 전혀 본심을 잃으니 어찌 아란존자와 비교하겠는가?"

성진이 눈물을 흘리고 마지못하여 부처와 대사께 하직하고 사형(師兄)과 사제(師弟)를 이별하고, 사자(使者)를 따라 수만 리를 행하여 음혼관(陰魂關) 망향대(望鄕臺)를 지나 풍도에 들어가니 문을 지키는 군졸이 말하였다.

"이 죄인은 어떤 죄인이요?"

황건역사가 대답하여 말하였다.

"육관대사의 명으로 이 죄인을 잡아 왔노라."

귀졸(鬼卒)이 대문을 열자, 역사(力士)가 성진을 데리고 삼라전(森羅殿)에 들어가 염라대왕께 뵈니 대왕이 말하였다.

"화상(和尚)이 몸은 비록 연화봉에 매였으나, 화상 이름은 지장왕(地藏王) 향안(香案)에 있어 신통한 도술로 천하 중생을 건질까 하였는데, 이제 무슨 일로 이곳에 왔느냐?

성진이 크게 부끄러워하며 고하여 말하였다.

"소승이 사리가 밝지 못하여 사부께 죄를 짓고 왔으니, 원컨대 대왕은 처분하십시오."

한참 후에 또 황건역사가 여덟 죄인을 거느리고 들어오자, 성진이 잠깐 눈을 들어 보니 남악산 팔 선녀였다.

염라대왕이 또 팔 선녀에게 물었다.

"남악산 아름다운 경치가 어떠하기에 버리고 이런 데 왔느냐?"

팔 선녀가 부끄러움을 머금고 대답해 말하였다.

"첩 등이 위부인 낭랑의 명을 받아 육관대사께 문안하고 돌아오는 길에 성진화상을 만나 문답한 말씀이 있었는데, 대사가 첩 등이 좋은 경계를 더럽게 하였다 하여 위부인께 넘겨 첩 등을 잡아 보냈습니다. 첩 등의 괴로움과 즐거움이 다 대왕의 손에 매였으니, 원컨대 좋은 땅을 점지해 주십시오."

염라대왕이 즉시 지장왕께 보고하고 사자(使者) 아홉 사람을 명하여 성진과 팔 선녀를 이끌고 인간 세상으로 보냈다.

각설이라.

성진이 사자를 따라 가는데 문득 큰 바람이 일어 공중에 떠 천지를 분간치 못하였다. 한 곳에 다다라 바람이 그치자 정신을 수습하여 눈을 떠 보니 비로소 땅에 서 있었다.

한 곳에 이르니 푸른 산이 사면으로 둘러 있고 푸른 물이 잔잔한 곳에 마을이 있었다. 사자가 성진을 기다리게 하고 마을로 들어간 후, 성진이 한참 서서 들으니 서너 명의 여인이 서로 말하기를,

"양 처사(處士) 부인이 오십이 넘은 후에 태기가 있어 임신한 지 오래인데 지금 해산치 못하니 이상하다."

하더라.

한참 후에 사자가 성진의 손을 잡고 말하였다.

"이 땅은 곧 당나라 회남도(淮南道) 수주(秀州) 고을이요, 이 집은 양 처사의 집이다. 처사는 너의 부친이요, 부인 유 씨는 네 모친이다. 네 전생의 연분으로 이 집 자식이 되었으니 너는 네 때를 잃지 말고 급히 들어가라."

성진이 들어가며 보니 처사는 갈건(葛巾)을 쓰고 학창의(鶴衣)를 입고 화로에서 약을 다리고 있었다. 부인이 이제 막 신음하자, 사자가 성진을 재촉하여 뒤에서 밀쳤다. 성진이 땅에 엎

어지니 정신이 아득하여 천지가 뒤집어지는 듯하였다. 급히 소리쳐 말하였다.

"나 살려! 나 살려!"

그러나 소리가 목구멍 속에 있어 능히 말을 이루지 못하고 어린 아이의 울음소리만 나왔다. 부인이 이에 아기를 낳으니 남자였다.

성진이 다만 오히려 연화봉에서 놀던 마음이 역력하였으나, 점점 자라 부모를 알아본 후로는 전생 일을 아득히 생각지 못하였다.

양 처사가 아들을 낳은 후에 매우 사랑하여 말하였다.

"이 아이의 골격이 맑고 빼어나니 천상의 신선이 귀양 왔다."

하고, 이름을 소유라 하고, 자는 천리라 하였다. 양생이 십여 세에 이르러 얼굴이 옥 같고 눈이 샛별 같아 풍채가 준수하고 지혜가 무궁하니 실로 대인군자였다.

하루는 처사가 부인에게 말하였다.

"나는 세속 사람이 아니요, 봉래산 선관(仙官)으로서 부인과 전생의 연분이 있어 내려왔는데, 이제 아들을 낳았으니 나는 봉래산으로 가거니와 부인은 말년에 영화를 보시고 부귀를 누리시오."

하고, 학을 타고 공중으로 올라갔다.

처사가 승천한 후에 양생이 이십 세를 당하여 얼굴은 백옥 같고, 글은 이적선 같으며, 글씨는 왕희지 같고, 지혜는 손빈·오기도 미치지 못하였다.

하루는 성진이 모친께 아뢰어 말하였다.

"들어 보니 과거 시험이 있다 합니다. 소자 모친 슬하를 떠나 서울 황성에 유학하고자 합니다."

유 씨가 그의 뜻이 본디 평범하지 않음을 보고 만 리 밖에 보내기 민망하지만, '공명을 얻어 가문을 보전할까 한다.' 하고, 즉시 봉황이 새겨진 금비녀를 팔아 행장을 차려 주니, 양생이 모친께 하직하고 한 필 나귀와 삼척 서동(書童)을 데리고 떠났다.

한 곳에 도달하니 수양버들이 있는데 그 가운데 한 작은 누각이 있어 단청은 밝게 빛나고 향기 진동하니 이 땅은 화주 화음현이었다.

소유가 춘흥을 이기지 못하여 버들을 비스듬히 잡고 〈양류사(楊柳詞)〉를 지어 읊으니 그 글은 다음과 같았다.

"버드나무 푸르러 베 짠 듯하니, 긴 가지 그림 같은 누각에 드러웠구나.

원컨대 부지런히 심으세요. 이 버들이 가장 멋지다오."

또 하였으되,

"버드나무 어찌 이리 푸르고 푸를까? 긴 가지 비단 기둥에 드리웠구나.

　원컨대 그대는 잡아 꺾지 마오. 이 나무가 가장 다정하다오.”
하고 읊으니 그 소리 청아하여 옥을 깨치는 듯하였다.

　이때 그 누각 위에 옥 같은 처자가 있으니 이제 막 낮잠을 자
다가 그 청아한 소리를 듣고 잠을 깨어 생각하되,

　‘이 소리는 필연 인간의 소리가 아니다. 반드시 이 소리를 찾
으리라.’
하고, 베개를 밀치고 주렴을 반만 걷고 옥난간에 비켜서서 사방
을 두루 보았다.

　그때 갑자기 양생과 눈이 마주치니 그 처자의 눈은 초생달 같
고, 얼굴은 빙옥 같으며, 머리 구비가 헝클어져 귀밑에 드리워
지고, 옥비녀는 비스듬히 옷깃에 걸친 모양이 낮잠 자던 흔적이
었다. 그 아리따운 거동을 어디 다 헤아리겠는가.

　이때 서동이 객점에 가 묵을 것을 잡고 와 양생께 고하여,

　“저녁밥이 다 되었으니 행차하십시오.”
라고 하자, 그 처자가 부끄러워 주렴을 걷고 안으로 들어갔다.

　양생이 홀로 누각 아래에서 속절없이 바라보니, 지는 날 빈
누각에는 향내뿐이었다. 지척이 천리되고 약수(弱水)가 멀어지
니 양생이 할 수 없이 서동을 데리고 객점으로 돌아와서 애만
태웠다.

대개 이 처자의 성은 진 씨요, 이름은 채봉이니, 진 어사의 딸이다. 일찍이 자모를 잃고 동생이 없어, 그 부친이 서울 가 벼슬하는 까닭에 소저가 홀로 종만 데리고 머물렀는데, 뜻밖에 꿈밖에서 양생을 만나 그 풍채와 재주를 보고 심신이 황홀하여 말하였다.

"여자가 장부를 섬기기는 인간의 대사요, 백년고락이라. 옛날 탁문군이 사마상여(司馬相如)를 찾아갔으니 처자의 몸으로 배필을 청하기는 가하지 않지만, 그 상공의 거주지와 성명을 묻지 아니하였다가 후에 부친께 고하여 매파를 보내려 한들 어디 가서 찾겠는가?"

하고, 즉시 편지를 써 유모를 주며 말하였다.

"객점에 가 나귀를 타고 이 누각 아래에 와 〈양류사〉를 읊던 상공을 찾아 이 편지를 전하고 내 몸이 의지하고자 하는 뜻을 알게 하라."

유모가 말하였다.

"이후에 어 사도가 노하여 물으시면 어찌하시렵니까?"

소저가 말하였다.

"이는 내가 당할 것이니 염려치 말라."

유모가 말하였다.

"그 상공이 이미 배필을 정하였으면 어찌하시렵니까?"

소저가 한참을 생각다가 말하였다.

"불행히도 배필을 정하였으면 이 상공의 소첩됨이 부끄럽지 아니할 것이다. 또 그 상공을 보니 소년이어서 취처(娶妻)하지 아니하였을 것이니 의심 말고 가라."

유모가 객점으로 가니, 이때 양생이 객점 밖에서 두루 걸으며 글을 읊다가 늙은 할미가 〈양류사〉 읊은 나그네를 찾는 것을 보고 바삐 나아가 물어 말하였다.

"〈양류사〉는 내가 읊었는데, 무슨 일로 찾는가?"

유모가 말하였다.

"여기서 할 말씀이 아니오니 객점으로 들어가십시오."

양생이 유모를 이끌고 객점에 들어가 급히 물으니 유모가 말하였다.

"〈양류사〉를 어디서 읊으셨습니까?"

양생이 대답하여 말하였다.

"나는 먼 지방 사람으로 지나다가 마침 한 누각을 보니 양류 춘색(楊柳春色)이 볼 만하기에 흥에 겨워 시 한 수를 읊었는데 어찌 묻는가?"

유모가 말하였다.

"낭군께서 그때 상면한 사람이 있으십니까?"

양생이 말하였다.

"마침 하늘의 신선이 누각에 있어 아리따운 거동과 기이한 향내가 이제까지 눈에 남아 있어 잊지 못하고 있소."

유모가 말하였다.

"그 집은 진 어사 댁이요, 처자는 우리 소저인데 소저가 마음이 총명하고 눈이 밝아 사람을 잘 알아 잠깐 상공을 보시고 몸을 의탁고자 하되, 어사께서 바야흐로 경성에 계시니 이후로 매파를 통하고자 한들 상공이 한 번 떠난 후에는 종적을 찾을 길이 없어, 노첩으로 하여금 사시는 곳과 성명과 취처 여부를 알고자 하여 왔습니다."

양생이 크게 기뻐하여 말하였다.

"내 성은 양 씨요, 이름은 소유요, 집은 초나라 수주 고을이요. 나이 어려 배필을 정하지 못하였고, 노모가 계시니 혼례를 지내기는 서로 부모께 고하여야 하겠지만, 배필 정하기는 한마디로 결단을 내리겠소."

유모가 크게 기뻐하여 봉한 편지를 내어 주기에, 떼어 보니 〈양류사〉에 화답한 글이었다.

다음과 같은 시 한 수가 쓰여 있었다.

누각 앞에 양류를 심기는 낭군의 말 매게 함입니다.

어찌 이 버들을 꺾어 채를 만들어 장대(章臺) 길로 가기를 향하시는지요?

양생이 이글을 보고 탄복하여 말하였다.
"옛날 왕유와 이백이라도 미치지 못할 것입니다."
즉시 채전(彩箋)을 빼어 한 수 글을 지어 써서 유모를 주었다.
그 글은 다음과 같았다.

양류 천만 실이 실마다 마음을 맺었습니다.
원컨대 달 아래 만나 즐거운 봄소식을 맺을까 하오.

유모가 받아 품안에 넣고 객점 문밖에 나가자, 양생이 다시
불러 말하였다.
"소저는 진 땅 사람이요, 나는 초 땅 사람이라서, 산천이 멀리
떨어져 있으니 소식을 통하기가 어렵소. 하물며 오늘날 이룬 징
표가 없으니, 생각건대 달빛을 타고 서로 상대하여 굳게 약속하
여 정함이 어떠한가 여쭈시오."
유모가 가서는 즉시 돌아와 소저의 말씀을 양생에게 전하여
말하였다.
"성례(成禮) 전에 서로 보기가 지극히 편치 못하지만, 내 그대
에게 의탁고자 하는데 어찌 말씀을 어기겠습니까. 밤에 서로 만

나 보면 남의 말도 있을 것이요, 부친이 아시면 반드시 죄를 주실 것이니, 원컨대 밝은 날 길에서 만나 약속을 정하는 것이 좋을 듯합니다.”

양생이 이 말을 듣고 탄식하며 말하였다.

“소저의 영민한 마음은 남에게 미칠 바가 아니구나.”

하고, 유모에게 사례하여 보냈다.

양생이 객점에서 자는데 마음에 잊히지 않아 잠을 이루지 못하고 새벽 닭 우는 소리를 기다리더니, 한참 후에 날이 장차 밝으려 하자 양생이 서동을 불러 말을 먹이는데, 갑자기 큰 규모의 군대가 들어오는 소리가 나서 문득 바라보니 천지가 진동하였다. 양생이 크게 놀라 옷을 떨쳐입고 문밖에 내달아 보니 피난하는 사람들이 분주히 달아났다. 양생이 황망히 연고를 묻자,

“신책장군(神策將軍) 구사량이란 사람이 나라를 배반하여 자칭 황제라 하고 군병을 일으키자, 천자께서 진노하시어 신책의 대병을 단번에 쳐 파하니 도적이 패하고 온다.”

하였다. 양생이 더욱 크게 놀라 서동을 재촉하여 피난하여 도망할 때, 갈 바를 몰라 남전산으로 들어가 피하고자 하였다.

양생은 서동과 함께 아이를 재촉하여 산으로 들어갔다. 좌우를 살펴 산수를 구경하다가, 문득 보니 절벽 위에 수간 초당이 있는데 구름에 가렸고 학의 소리가 들려왔다.

"분명 인가가 있다."

하고, 바위 사이 돌길로 올라 찾아가니 한 도사가 자리 위에 비스듬히 앉았다가 양생을 보고 기뻐하며 물어 말하였다.

"너는 피난하는 사람이니, 반드시 회남 양 처사의 아들이 아니냐?"

양생이 나아가 재배하며 눈물을 머금고 대답하여 말하였다.

"소생은 양 처사의 아들입니다. 아비를 이별하고 다만 어미를 의지하여 재주가 심히 미련하나 망령되이 요행으로 과거를 보려 화음 땅에 이르렀는데, 난리를 만나 살기를 도모하여 이곳에 와 오늘날 선생을 만나 부친의 소식을 듣기는 하늘이 명하신 일입니다. 이제 대인의 궤장(几杖)을 모셨으니, 엎드려 빌건대 부친은 어디 계시며 건강은 어떠하십니까? 원컨대 한 말씀을 아끼지 마십시오."

도사가 웃으며 말하였다.

"네 부친이 아까 자각봉에서 나와 바둑을 두었는데 어디로 간 줄을 알겠느냐. 얼굴이 아이 같고 머리카락이 세지 아니하였으니 그대는 염려치 말라"

양생이 또 울며 청하여 말하였다.

"원컨대 선생의 도움으로 부친을 뵙게 하십시오."

도사가 웃으며 말하였다.

"부자간 지극한 정이 중하나 신선과 범인(凡人)이 다르니 보기 어렵다. 또 삼산(三山)이 막연하고 십주(十洲)가 아득하니 네 부친의 거취를 어디 가서 찾겠는가. 너는 부질없이 슬퍼 말고 여기서 머물며 난리가 평정된 후에 내려가거라."

양생이 눈물을 씻고 앉았는데 도사가 갑자기 벽 위의 거문고를 가리켜 말하였다.

"너는 저것을 하느냐?"

양생이 대답하여 말하였다.

"소자가 좋아하지만 선생을 만나지 못하여 배우지는 못하였습니다."

도사가 동자를 시켜 거문고를 내려와 세상에 전해지지 않은 네 곡조를 가르치니, 그 소리는 청아하고 맑고 또렷하여 인간 세상에서 듣지 못하던 소리였다. 도사가 양생에게 타라고 하자, 양생이 도사의 곡조를 본받아 탔다. 도사가 기특히 여겨 옥통소 한 곡조를 불며 양생을 가르치니 생은 또 능히 따라하였다.

도사가 크게 기뻐하여 말하였다.

"이제 거문고와 통소를 네게 주니 잃어버리지 말아라. 이후에 쓸 때가 있을 것이다."

양생이 감사히 절을 하고 말하였다.

"소생이 선생을 만나기도 부친의 인도하심이요, 또 선생은 부

친의 친구이시니 어찌 부친과 다르겠습니까? 바라건대 선생을 모셔 제자가 되고 싶습니다."

도사가 웃으며 말하였다.

"인간의 공명이 너를 따르니 네 아무리 하여도 피하지 못할 것이다. 어찌 나와 같은 노부를 쫓아 속절없이 늙겠느냐? 말년에 네 돌아갈 곳이 있으니 우리와 상대할 사람은 아니다."

양생이 다시 재배하고 말하였다.

"소자가 화음 땅의 진 씨 여자와 혼사를 의논하였는데, 난리에 바쁘게 도망하였으니 이 혼사가 되겠습니까?"

도사가 웃으며 말하였다.

"네 혼사는 여러 곳에 있지만 진 씨와의 혼사는 어두운 밤 같으니 생각지 말아라."

양생이 도사를 모시고 자는데, 문득 동방이 밝았다.

도사가 양생을 불러 말하였다.

"이제 난이 평정되었고 과거는 다음 봄으로 기한이 옮겨졌다. 대부인이 너를 보내고 주야로 염려하시니 어서 가거라."

하고, 행장을 차려 주었다. 양생이 상하에 내려 재배하고 거문고와 퉁소를 가지고 동구 밖으로 나와 돌아보니, 그 집이며 도사는 간 데 없었다.

처음에 양생이 들어갈 때는 춘삼월이어서 화초가 만발하였는데 나올 때에는 국화가 만발하였기에 이상하게 여겨 행인에게 물으니 추팔월이었다. 어찌 도사와 하룻밤 잔 것이 이토록 오래인가, 헛된 것이 세상이로다. 양생이 나귀를 재촉하여 몰아 진 어사 집을 찾아오니 양류는 간 데 없고 집이 다 쑥밭이 되어 있었다. 양생이 속절없이 빈 터에 서서 소저의 〈양류사〉를 읊으며 소식을 묻고자 하였지만, 인적이 없어 어쩔 수 없이 객점으로 가 물어 말하였다.

"저 진 어사 가솔(家率)이 어디로 갔는가?"

주인이 탄식하여 말하였다.

"상공이 듣지 못하셨군요? 진 어사는 역적에 참여하여 죽고 그 소저는 서울로 잡혀갔는데, 혹 죽었다 하고, 혹 궁중 노비가 되었다 하니 자세히 알지 못하겠습니다."

양생이 이 말을 듣고 슬픔을 이기지 못하여 말하였다.

"남전산 도사가 진 씨 혼사는 어두운 밤 같다 하더니, 진소저는 분명히 죽었구나."

하고, 즉시 행장을 꾸려 출발해 수주로 향하였다.

이때 유 씨가 양생을 보낸 후에 경성이 어지러움을 듣고 주야로 염려하더니 문득 양생을 보고 내달아 붙들고 울며 죽었던 사람을 다시 본 듯하였다.

"작년 황성에 가 난리 중에 위태로운 지경을 면하고 살아와 모자가 다시 상면하기도 천행이요, 또 네 나이가 어리니 공명은 바쁘지 아니하나 내 너를 만류치 아니함은 이 땅이 좁고 또 궁벽하기 때문이다. 네 나이 십륙 세니 배필을 구할 것이지만 가문과 재주와 얼굴이 너와 같은 사람이 없구나. 경성 춘명문 밖에 자청관(紫淸觀)의 두연사라 하는 사람은 나의 외사촌 형제다. 지혜가 넉넉하고 기개와 도량이 평범하지 않아 모든 명문 귀족을 다 알고 있다. 내가 편지를 부치면 반드시 너를 위하여 어진 배필을 구해 줄 것이다."

하고 유 씨가 편지를 건네자, 양생이 행장을 차려서 하직하고 떠났다.

양생은 천자가 머무는 수도인 낙양 땅에 이르렀다. 낙양은 번화한 풍경을 구경코자 하여 천진교에 이르니 낙숫물은 동정호를 지나 천리 밖으로 흐르고, 다리는 황룡이 굽이를 편 듯한데 다리 가에 한 누각이 있으니 단청은 찬란하고 난간은 층층하였다. 금안장을 한 좋은 말들은 좌우에 매여 있고 누각의 비단 장막은 은은한 가운데 온갖 풍류 소리가 들렸다. 양생이 누각 아래에 다다라 물어 말하였다.

"이 어떠한 잔치인가?"

다 이르되,

"모든 선비가 일대 이름난 기생을 데리고 잔치합니다."

양생이 이 말을 듣고 취흥을 이기지 못하고 말에서 내려 누각 위에 올라가니, 모든 선비가 미인 수십 사람을 데리고 서로 좋은 자리 위에 앉아 떠들썩하며 담소가 단란하다가, 양생의 거동과 풍채가 깨끗함을 보고 다 일어나 읍하여 맞아 앉았다. 성명을 통한 후에 노생이라 하는 선비가 물어 말하였다.

"내 양형의 행색을 보니 분명 과거를 보러 가십니까?"

생이 말하였다.

"과연 재주는 없지만 굿이나 보러 가거니와 오늘 잔치는 한갓 술만 먹고 노는 일이 아니라 문장을 다투는 뜻이 있는 듯합니다. 소제(小弟)와 같은 사람은 먼 지방 미천한 사람으로 나이가 어리고 견식이 심히 천하고 비루하니 용렬한 재주로 여러 공의 잔치에 참여함이 극히 외람됩니다."

모든 선비가 양생이 나이가 젊고 언어가 겸손함을 보고 오히려 쉽게 여겨 말하였다.

"과연 그러하지만 양형은 후에 왔으니 글을 짓거나 말거나 하고 술이나 먹고 가시오."

하고, 이어서 잔 돌리기를 재촉하고 온갖 풍류를 일시에 울리게 하였다.

양생이 눈을 들어 보니 모든 창기는 각각 풍악을 가지고 즐겼지만, 한 미인이 홀로 풍류도 아니하고 말도 아니하며 앉았는데 아름다운 얼굴과 얌전한 태도가 정말로 국색(國色)이었다. 한 번 보자 정신이 황홀하여 정처가 없고, 그 미인도 자주 추파를 들어 정을 보내는 듯하였다.

양생이 또 바라보니 그 미인의 앞에 있는 흰 옥으로 된 책상에 글 지은 종이가 여러 장 있거늘, 양생이 여러 선비를 향하여 읍하고 말하였다.

"저 글이 다 모든 형들의 글입니까? 주옥같은 글을 구경함이 어떠합니까?"

여러 선비가 미처 대답하지 못할 때, 그 미인이 급히 일어나 그 글을 받들어 양생 앞에 놓거늘, 양생이 차례로 보니 그 글이 놀라운 글귀가 없고 평범하였다. 양생이 속으로 말하였다.

"낙양에는 인재가 많다고 하더니 이것으로 보면 다 헛된 말이로다."

그 글을 미인에게 주고 여러 선비께 읍(揖)하여 말하였다.

"궁벽한 벽지의 미천한 선비가 상국의 문장을 구경하니 어찌 즐겁지 아니하겠습니까?"

이때 여러 선비가 술이 다 취하여서 웃으며 말하였다.

"양형은 다만 글만 좋은 줄 알고 더욱 좋은 일이 있는 줄을 알지 못하는구려."

양생이 말하였다.

"소제가 모든 형의 사랑함을 입어 함께 취하였는데 더욱 좋은 일을 어찌 말하지 아니하십니까?"

왕생이라 하는 선비가 웃으며 말하였다.

"낙양은 예부터 인재의 고장이오. 이번 과거의 방목(榜目) 차례를 정하고자 하는데, 저 미인의 성은 계요, 이름은 섬월이오. 한갓 얼굴 아름답고 가무 출중할 뿐 아니라 글을 알아보는 슬기 또한 신통하여 한 번 보면 과거의 합격과 낙제를 정하기에, 우리도 글을 지어 계랑과 오늘 밤 연분을 정하고자 하니 어찌 더욱 좋은 일이 아니겠소. 양형 또한 남자라 좋은 흥이 있거든 우리와 함께 글을 지어 우열을 다툼이 어떠하오?"

양생이 말하였다.

"여러 형의 글은 지은 지 오래니 누구의 글을 취하여 읊었습니까?"

왕생이 말하였다.

"아직 만족해하지 아니하고 붉은 입술과 흰 이를 열어 양춘곡조(陽春曲調)를 아뢰지 아니하니, 분명히 부끄러운 마음이 있어 그러한가 하오."

양생이 말하였다.

"소제는 글도 잘 못 하거니와 하물며 국외인(局外人)이라 여러 형과 재주를 다투는 것이 미안합니다."

왕생이 크게 말하였다.

"양형의 얼굴이 계집 같지만, 어찌 장부의 기품이 아니오. 다만 양형이 글 지을 재주가 없다면 할 수 없겠지만 재주가 있다면 어찌 사양하려 하시오."

양생이 처음 계랑을 본 후에 시를 지어 뜻을 시험코자 하였지만 여러 선비가 시기할까 주저하였는데, 이 말을 듣고 즉시 종이와 붓을 들어 거침없는 필체로 순식간에 석 장의 시를 쓰니, 바람 돛대가 바다에서 달리는 것 같고 목마른 말이 물에 닿은 것 같았다. 여러 선비가 시 글귀가 민첩하고 필법(筆法)이 매우 생생함을 보고 크게 놀라지 않는 사람이 없었다.

양생이 여러 선비를 향해 절하며 말하였다.

"이 글을 먼저 여러 선비께 드려야 마땅하나, 오늘 좌중의 시관(試官)은 곧 계랑입니다. 글 바칠 시각이 미치지 못하였습니까?"

하고, 즉시 시 쓴 종이를 계랑에게 주니 계랑이 샛별 같은 눈을 뜨며 옥 같은 소리로 높이 읊었다. 그 소리는 외로운 학이 구름 속에 우는 듯, 짝 잃은 봉황이 달밤에 우짖는 듯하여 진나라의 쟁과 조나라의 거문고라도 미치지 못할 정도였다.

그 글은 다음과 같았다.

초객(楚客)이 서유로입진(西遊路入秦)하니

주루래취낙양춘(酒樓來醉洛陽春)이라.

월중단계(月中丹桂)를 수선절(誰先折)고?

금대문장(今代文章)이 자유인(自由人)이라.

뜻은 다음과 같다.

초나라 나그네가 서쪽에서 놀다가 길이 진나라에 드니,

술집에 와 낙양춘 술에 취하였도다.

달 가운데 붉은 계수나무를 누가 먼저 꺾을꼬,

오늘날 문장 가운데 사람이 저절로 있으리도다.

여러 선비가 처음에 양형을 쉽게 여겨 글을 지으라 하다가 양형의 글이 섬월의 눈에 든 것을 보고 낙담하여 계랑을 돌아보며 아무 말도 못하였다.

양생이 그 기색을 보고 갑자기 일어나 여러 선비에게 하직하고 말하였다.

"소제가 여러 형의 가엾게 여겨 돌보심을 입어 술이 취하니 감사하거니와 갈 길이 멀어 종일 담화치 못하겠습니다. 훗날 곡강연(曲江宴)에서 다시 뵙겠습니다."

하고 내려가니 여러 선비가 만류하지 아니하였다.

양생이 누각에서 내려가자 계랑이 바삐 내려와 말하였다.

"이 길로 가시다가 길가 분칠한 담장 밖에 앵두화가 성한 곳이 바로 첩의 집입니다. 원컨대 상공께서 먼저 가시어 첩을 기다리십시오. 첩 또한 곧 따라가겠습니다."

양생이 머리를 끄덕이며 대답하고 갔다.

섬월이 누각에 놀라가 여러 선비께 고하여 말하였다.

"모든 상공이 첩을 더럽게 아니 여기시어 한 곡조 노래로 연분을 정하셨으니 어찌하면 좋겠습니까?"

여러 선비가 말하였다.

"양생은 객이라서 우리와 약속한 사람이 아니니 어찌 거리낄 것 있겠는가?"

섬월이 말하였다.

"사람이 신의가 없으면 어찌 옳다 하겠습니까? 첩이 병이 있어 먼저 가오니, 원컨대 상공들은 종일토록 즐기십시오."

하고, 하직하고 천천히 걸어 누각에서 내려갔다. 여러 선비가 앙심을 품었지만 처음에 이미 언약이 있었고, 또 그 냉소하는 기색을 보고 감히 말 한마디도 못하였다.

이때 양생이 객점에 머물다가 날이 저물어 섬월의 집을 찾아가니 섬월이 이미 먼저 와 있었다. 중당을 쓸고 촛불을 켜고 기다리는데, 양생이 앵두화 나무에 나귀를 매고 문을 두드리며 불러 말하였다.

"계랑은 있느냐?"

섬월이 문 두드리는 소리를 듣고 신을 벗고 내달아 손을 이끌어 말하였다.

"상공께서 먼저 가셨는데 어찌 이제야 오십니까?"

양생이 웃으며 말하였다.

"주인이 손을 기다려야 옳으냐, 손이 주인을 기다려야 옳으냐?"

서로 이끌고 중당에 들어가 옥 술잔에 술을 부어 취토록 권한 후에 원앙금침을 한가지로 하니 초양대(楚陽臺)에서 무산(巫山) 신녀(神女)를 만난 듯, 낙포(洛蒲) 왕모(王母) 선녀(仙女)를 만난 듯 그 즐거움을 어이 다 기록하겠는가.

이럭저럭 밤이 깊었다. 섬월이 눈물을 머금고 탄식하여 말하였다.

"첩의 몸을 이미 상공께 의탁하였으니 첩의 사정을 잠깐 생각하십시오. 첩은 조 땅 사람입니다. 첩의 부친이 이 고을 태수가 되었는데 불행하여 세상을 버리신 후에 가세가 몰락하고 고향이 멀어서 천리 밖에 반장(返葬)할 길이 없어, 첩의 계모가 첩을 백금을 받고 창가(娼家)에 팔아 장례를 치렀습니다. 첩이 차마 거스르지 못하여 슬픔을 머금고 몸을 굽혀 이제까지 부지하였는데, 천행을 입어 낭군을 만나니 해와 달이 다시 밝은 듯합니다. 원컨대 낭군께서 첩을 비루하게 생각지 아니하신다면 물 긷는 종이나 될까 합니다."

양생이 말하였다.

"나는 본디 가난하여 처첩을 둠이 어려우니 자당께 말씀드려 아내를 삼겠다."

삼월이 앉아 말하였다.

"낭군께서는 어찌하여 그런 말씀을 하십니까? 지금 천하의 재주를 헤아리건대 낭군께 미칠 사람이 아무도 없습니다. 이번 과거 장원은 하려니와 승상의 인끈과 장군의 절월(節鉞)이 오래지 아니하여서 낭군께 돌아올 것이니 천하 미색이 누가 아니 쫓겠습니까? 어찌 저만한 사람으로 아내 삼기를 원하십니까? 낭군은 어진 아내를 구하여 대부인을 모신 후에 첩을 버리시지나 마십시오."

양생이 말하였다.

"내 일찍이 화음 땅을 지나다가 마침 진가 여자를 보니 그 얼굴과 재주가 계랑과 비슷하였는데 불행하게 죽었으니, 어디 가서 다시 어진 아내를 얻겠는가?"

섬월이 말하였다.

"그 처자는 진 어사의 딸 채봉입니다. 진 어사가 낙양 태수로 오셨던 때에 첩이 그 낭자와 더불어 친하게 지냈습니다. 그 낭자 같은 얼굴과 재주는 과연 얻기 어렵거니와 이제는 속절없으니 생각지 마시고 다른 데 구혼하십시오."

양생이 말하였다.

"예부터 천하절색이 없다 하니 진 낭자와 계 낭자가 있는데 또 어디 가서 다시 구하겠는가?"

섬월이 웃으며 말하였다.

"낭군의 말씀이 진실로 우물 안 개구리 같습니다. 우리 창가(娼家)로 말하면 절색이 셋이 있으니 강남의 만옥연이요, 하북의 적경홍이요, 낙양의 계섬월입니다. 첩은 모처럼 허황된 이름을 얻었지만 만옥연과 적경홍은 진실로 절색입니다. 어찌 천하에 절색이 없다 하겠습니까?"

양생이 말하였다.

"저 두 낭자는 외람되게 계랑과 이름을 가지런히 하였구나."

섬월이 말하였다.

"옥연은 먼 지방 사람이라 보지는 못하였지만, 경홍은 저와 아주 형제 같으니 경홍의 일생 본말을 대충 고하겠습니다. 경홍은 곧 반주 양민의 딸입니다. 일찍 부모를 잃고 그 고모께 의탁하였는데 십 세부터 아주 빼어난 미색이 하북에 이름이 자자하여 근방 사람이 천금으로 구하는 사람이 많아 매파가 구름같이 모였습니다. 하지만 경홍이 모두 물리치니 매파가 고모에게 물어 말하였습니다. '동서로 모두 물리치니 어떤 훌륭한 신랑을 구하여야 고모의 뜻에 합당하겠습니까? 대승상의 총애하는 첩이 되고자 하시는가, 아니면 절도사의 부실(副室)이 되고자 하시는가, 이름난 선비에게 허락고자 하시는가, 뛰어난 재주를 가진 선비에게 보내고자 하시는가?' 경홍이 크게 노하여 대답하여 말하였습니다. '진나라 때 동산에서 기생들을 모아들이던 사안석이 있으면 가히 대승상의 첩이 될 것이요, 삼국 때 사람들에게 곡조 가르치던 주공근이 있으면 가히 절도사의 첩이 될 것이요, 현종 조에 청평사를 드리던 한림학사가 있으면 가히 이름난 선비를 좇을 것이요, 무제 때 〈봉황곡〉을 아뢰던 사마상여가 곧 있으면 뛰어난 재주를 가진 선비를 가히 따를 것이라.' 하니, 모든 매파가 크게 웃고 흩어졌습니다. 경홍이 첩과 함께 상국사에 놀러가 첩에게 말하였습니다. '우리 두 사람이 진실로 뜻하던 군자를 만나거든 서로 천거하여 함께 한 사람을 섬겨 백 년을 해로하자.'고 하여, 첩이 또한 허락하였는데, 첩이 낭군을 만남에 문득 경홍을 생각하지만 경홍이 산동 제후의 궁중에 있으니 이는 분명히 호사다마(好事多魔)입니다. 왕후의 희첩이 부귀가 극진하나, 이것은 경홍의 소원이 아닙니다."

이어서 탄식하여 말하였다.

"어찌 한 번 경홍을 보고 이 정회를 풀겠습니까?"

양생이 말하였다.

"창가에 비록 재색이 많으나 사대부 집의 규수는 보지 못하니 어찌 알겠는가?"

섬월이 말하였다.

"내 눈으로 보건대 진 낭자만 한 사람이 없을 뿐 아니라 장안 사람이 다 정 사도 딸의 요조한 얼굴과 유한한 덕행이 당세에 으뜸이라 합니다. 첩이 비록 보지는 못하였으나, '이름이 높으면 실속 없는 빈 명예가 없다.' 하니, 원컨대 낭군은 경성에 가셔서 두루 방문하십시오."

이때 닭이 울어 날이 샜다.

섬월이 말하였다.

"이곳은 오래 머물 곳이 아니니 상공은 가십시오. 이후에 모실 날이 있을 것이니 아녀자를 위하여 떠나는 것을 슬퍼 마십시오. 하물며 어제 여러 공자의 앙심 품은 마음이 없겠습니까?"

양생이 오히려 눈물을 뿌리고 떠났다.

각설이라.

양생이 장안에 들어가 숙소를 정한 후에 주인에게 물어 말하였다.

"자청관이 어디에 있는가?"

주인이 대답하여 말하였다.

"저 춘명문 밖에 있습니다."

양생이 즉시 예단을 갖추고 두연사를 찾아가니 연사는 나이 육십이 넘었다. 양생이 들어가 재배하고 그 모친의 편지를 드리니 연사가 그 편지를 보고 눈물을 흘리며 말하였다.

"네 어머니와 이별한 지 이십여 년이 되었구나. 그 후에 낳은 자식이 이렇듯 컸으니 세상 일월이 헛된 것이로다. 나는 세상 번화를 버리고 세상 밖에 와 있거니와, 네 모친 편지를 보니 네 배필을 구하라 하였지만 네 풍채를 보니 진실로 신선이다. 아무리 구하여도 너 같은 사람은 얻기 어렵거니와 다시 생각할 것이니 훗날 다시 오너라."

양생이 말하였다.

"소자의 어머니께서 연세가 많으십니다. 소자의 나이가 십륙 세나 배필을 정하지 못하여 효도하여 봉양치 못하고 있으니, 원컨대 숙모님은 십분 염려하십시오."

하직하고 갔다.

이때 과거 날이 가까웠지만 혼처를 정하지 못하였기에 과거의 뜻이 없어 다시 자청관에 가니 두연사가 웃으며 말하였다.

"한 혼처가 있는데 처자의 얼굴과 재주는 양랑과 배필이다. 귀족 집 붉은 문이 겹겹이 되어 있고, 계극(棨戟)을 문밖에 베푼 데가 바로 그 집이다. 문벌이 가장 높은 사람이 육대공후(六代公侯)요, 삼대상국(三代相國)이라. 양랑이 이번에 장원 급제하면 그 혼사를 바랄 것이나 그 전에는 의논하지 못할 것이니, 양랑은 나만 보채지 말고 착실히 공부하여 장원 급제를 하라."

"누구의 집입니까?"

연사가 말하였다.

"춘명문 밖의 정 사도 집이다. 사도가 딸 하나를 두었는데 신선이요, 인간 사람이 아니다."

양생이 이 말을 듣고 갑자기 생각하되,

"계섬월이 그런 말을 하더니 과연 그러한가?"

하여 물어 말하였다.

"정 사도의 딸을 숙모님이 친히 보셨습니까?"

연사가 말하였다.

"어찌 보지 못하였겠는가? 정 소저는 진실로 하늘나라 사람이요, 범인이 아니다. 어이 다 입으로 헤아리겠는가?"

양생이 말하였다.

"어리석지만 이번 과거는 내 손 안에 있어 염려치 아니하지만, 평생에 정한 뜻이 있으니 그 처자를 보지 못하면 결단코 구혼치 않고자 하니, 원컨대 불쌍히 여겨 그 소저를 보게 해 주십시오."

연사가 크게 웃으며 말하였다.

"재상집 처녀를 어이 보겠는가? 양랑이 이 노인을 믿지 아니하는구나."

양생이 말하였다.

"소자가 어찌 사부의 말씀을 의심하겠습니까마는, 사람의 소견이 각각 다르니 사부의 소견이 소자와 다를까 염려하는 것입니다."

연사가 웃으며 말하였다.

"봉황과 기린은 아무리 무식한 계집이라도 상서로운 줄을 알아보고 푸른 하늘과 밝은 태양은 아무리 지극히 천한 시골 사람이라도 높고 밝은 줄을 아는데, 노인의 눈이 아무리 밝지 못한들 사람 알기를 양랑만 못하겠는가."

양생이 한참을 생각하다가 말하였다.

"아무리 해도 내 눈으로 보지 못하면 의심이 풀리지 아니하오니, 원컨대 사부는 모친께서 편지한 뜻을 생각하셔서서 한 번 보게 해 주십시오."

연사가 말하였다.

"죽기는 쉬워도 정 소저 보기는 어렵다. 어이하면 좋은가?"

하더니 갑자기 생각이 난 듯 말하였다.

"네가 혹시 음률을 아느냐?"

하니, 양생이 말하였다.

"지난해 한 도사를 만나 한 곡조를 배워 압니다."

연사가 말하였다.

"재상가의 뜰이 엄숙하니 날지 못하면 들어갈 길이 없고, 또 소저가 경서와 예문에 능통하여 동정 출입을 예대로 하기에 문 밖에 나는 일이 없으니 어찌 엿볼 길이 있겠는가. 다만 한 일이 있지만 양랑이 듣지 아니할까 염려되는구나."

양생이 이 말을 듣고 일어나 재배하여 말하였다.

"정 소저를 볼 수만 있다면 하늘이라도 오를 것이요, 깊은 못이라도 들어가리니 무슨 일을 듣지 아니하겠습니까?"

연사가 말하였다.

"정 사도가 요사이 늙고 병들어 벼슬을 사양하고 원림(園林)에 돌아와 풍류만 일삼고, 부인 최 씨는 거문고를 좋아하여 거문고를 잘 타는 객을 만나면 소저와 함께 곡조를 의논하는데, 소저가 지음(知音)을 잘해서 한 번 들으면 청탁고저를 모를 것이 없으니 비록 사광(師曠)이라도 더하지 못할 것이다. 양랑이 만일 거문고를 알면 분명히 보기 쉬울 것이다. 이월 그믐날은 정 사도의 생일이라 해마다 시비를 보내어 향촉을 갖추어 수복(壽福)을 비니, 그때 양랑이 여도사(女道士)의 옷을 입고 거문고를 타면 시비가 보고 돌아가서 부인께 고하면 부인이 반드시 청할 것이고, 그러면 소저를 보기 분명 쉬울 듯하니 양랑은 연분만 기다리라."

양생이 크게 기뻐하여 그날을 기다렸다. 어느 날 정 사도의 시비가 부인의 명으로 향촉을 가지고 왔다. 연사가 받아 삼청전(三淸殿)에 가서 불전에 가 공양하고 시비를 보낼 때, 양생이 여도사의 의관을 하고 별당에 앉아 거문고를 탔다. 시비가 하직하다가 문득 거문고 소리를 듣고 물어 말하였다.

"내 일찍이 부인 앞에서 이름난 거문고 소리를 많이 들었지만 이런 소리는 과연 듣지 못하였으니, 모르겠지만 어떤 사람입니까?"

연사가 말하였다.

"엊그제 나이 어린 여관(女官)이 초 땅에서 와 황성을 구경하고 여기 와 머물고 있다. 때때로 거문고를 타니 그 소리가 심히 사랑스럽더구나. 나는 본디 음률에 귀먹어 곡조를 모르는데 그대의 말을 들으니 진실로 잘하는 것 같구나."

시비가 말하였다.

"부인이 말씀을 들으면 반드시 청하실 것이니, 바라건대 사부님이 이 사람을 잡아 두십시오."

연사가 말하였다.

"그대를 위하여 잡아 두겠다."

하고 시비를 보냈다.

양생이 이 말을 듣고 부인의 부르심을 기다리더니, 시비가 돌아가 부인께 고하여 말하였다.

"자청관에 어떤 여관이 거문고를 타는데 그 소리가 진실로 들음직하였습니다."

부인이 이 말을 듣고 기뻐하며 말하였다.

"내 잠깐 듣고자 한다."

하고, 즉시 시비를 자청관에 보내어 두연사께 청하여 말하였다.

"나이 어린 여관이 거문고를 잘 탄다 하니, 원컨대 도인(道人)은 권하여 보내십시오."

연사가 시비를 데리고 별당에 가 양생에게 물어 말하였다.

"최 부인께서 불러 계시니 여관은 나를 위하여 잠깐 가 봄이 어떠한가?"

양생이 말하였다.

"먼 지방 천한 몸이 존귀한 댁 출입이 어려우나, 대사께서 권하시니 어찌 감히 사양하겠습니까?"

하고, 여도사의 옷을 입고 화관(花冠)을 바로 쓰고 거문고를 안고 나오니, 선풍도골(仙風道骨)은 위부인과 사자연이라도 미치지 못하였다.

가마를 타고 정부(鄭府)에 가니 최 부인이 중당에 앉았는데 위의가 대단히 엄숙하였다. 양생이 대청마루 아래에 나아가 재배하니 대부인이 시비를 명하여 자리를 주고 말하였다.

"우연히 시비로 인하여 신선의 음악 소리를 듣고자 하여 청하였는데, 과연 여관을 보니 천상 선녀를 만난 듯하여 세상 걱정이 다 사라지는구나."

양생이 말하였다.

"첩은 본디 초나라 천한 사람이라 외로운 자취 구름같이 동서로 다니다가 오늘날 부인을 모시니 하늘의 뜻인가 합니다."

부인이 양생의 거문고를 취하여 무릎에 놓고 손으로 만지며 말하였다.

"이 재목이 진실로 묘하도다."

양생이 말하였다.

"이 재목은 용문산에서 백 년 자란, 오래된 오동나무라 천금으로 사려고 하여도 얻지 못할 것입니다."

양생이 마음속으로 생각하되, 이 사지(死地)에 들어온 것은 소저를 보려 함인데 날이 저물어 가도 소저를 보지 못하니 마음이 초조해져 부인께 고하여 말하였다.

"첩이 비록 예부터 전하여 오는 곡조를 타오나 청탁을 알지 못합니다. 자청관에 와 들으니 소저가 지음(知音)을 잘 하신다 하니 한 곡조를 아뢰어 가르치는 말씀을 듣고자 하였는데, 소저가 안에 계시니 마음이 섭섭합니다."

부인이 시비를 시켜 즉시 소저를 불렀다. 한참 후에 소저가 비단 장막을 잠깐 걷고 나와 부인 앞에 앉았다. 양생이 일어나 절하고 앉으며 눈을 들어 바라보니, 태양이 처음으로 붉은 안개 속에서 비치는 듯, 아리따운 연꽃이 물 가운데 피었는 듯 심신이 황홀하여 안정치 못하였다.

양생이 생각하되, 멀리 앉아 소저의 얼굴을 자세히 못 볼까 하여 일어나 다시 고하여 말하였다.

"한 곡조를 시험하여 소저의 가르침을 듣고자 하였는데, 화당(華堂)이 멀어 소리가 흩어지면 소저의 귀에 잘 들리지 못할까 염려됩니다."

부인이 즉시 시비를 명하여 자리를 옮겼다. 양생이 고쳐 앉으며 거문고를 무릎 위에 놓고 줄을 고른 후에 한 곡조를 타니 소저가 말하였다.

"아름답다, 곡조여! 이 곡조는 〈예상우의곡(霓裳羽衣曲)〉이다. 도인의 수법은 신통하나 음란한 곡조니 들음직하지 아니하다. 예부터 전해 오는 다른 곡조를 듣고자 한다."

양이 또 한 곡조를 타니 소저가 말하였다.

"이 곡조는 진후주의 〈옥수후정화(玉樹後庭花)〉다. 망국조(亡國調)니 들음직하지 아니하구나. 다른 곡조가 있는가?"

양생이 또 한 곡조를 타니 소저가 말하였다.

"이는 채문희가 오랑캐에게 잡혀가 두 자식을 생각한 곡조라. 절개를 잃었으니 어찌 들음직하겠는가?"

양이 또 한 곡조를 타니 소저가 말하였다.

"이는 왕소군의 〈출새곡(出塞曲)〉이다. 오랑캐 땅의 곡조니 어찌 들음직하겠는가?"

또 한 곡조를 타니 소저가 말하였다.

"이 곡조를 듣지 못한 지 오래되었다. 여관은 보통 사람이 아니다. 옛날 혜숙야의 〈광릉산(廣陵散)〉이라 하는 곡조다. 혜숙야가 도적을 쳐 파하고 천하를 맑게 하고자 하다가 뜻밖에 참소를 만남에 분을 이기지 못하여 이 곡조를 지었거니와 후세에 전할 사람이 없었는데 여관은 어디서 배웠느냐?"

양생이 일어나 절하고 감사해하며 말하였다.

"소저의 총명은 세상에 없습니다. 소첩의 스승 말씀도 그러하였습니다."

또 한 곡조를 타니 소저가 말하였다.

"이는 백아의 〈수선조(水仙操)〉다. 도인이 천백 년 후에 백아(佰牙)의 지음(知音)이구나."

또 한 곡조를 타니 옷깃을 여미고 꿇어앉아 말하였다.

"이는 공부자의 〈의란조(倚蘭操)〉다. 우뚝 높아서 어찌 이름을 붙이겠는가. 아름다움이여! 이에 지날 것이 없으니 어찌 다른 곡조를 원하겠는가?"

양생이 말하였다.

"첩이 듣자오니 아홉 곡조를 이루면 천신이 내린다 하는데, 이미 여덟 곡조를 탔고 또 한 곡조가 남았으니 마저 탈까 합니다."

줄을 고쳐 다스려 타니 그 소리가 청량하여 사람의 마음을 흔들어 놓았다. 소저가 눈썹을 나직이 하고 말하지 아니하니 양생이 곡조를 더욱 빠르게 몰아 쳐 소리가 호탕하였다.

"봉(鳳)이여, 봉이여."

그 황(凰)을 구하는 곡조에 이르러 소저가 눈을 들어 양생을 자주 돌아보며 옥같이 아름다운 얼굴에 부끄러운 빛을 띠고 즉시 일어나 안으로 들어가자, 양생이 놀라 거문고를 밀치고 소저가 가는 데만 보니, 부인이 말하였다.

"여관이 아까 탄 곡조는 무슨 곡조냐?"

양생이 말하였다.

"선생께 배웠지만 곡조 이름은 알지 못하기에 소저의 가르치심을 듣고자 하였는데 소저는 아니 오십니까?"

부인이 시비를 명하여 소저를 부르시니 시녀가 돌아와 고하였다.

"소저가 반나절 동안 바람을 쏘여서 기운이 편치 아니하다 합니다."

양생이 이 말을 듣고 소저가 아는가 하여 크게 놀라,

'오래 머물지 못하겠구나.'

하고, 즉시 일어나 재배하여 말하였다.

"듣자오니 소저가 옥체 불평하시다 하오니, 생각건대 부인이 진맥하실 것 같아 소첩은 물러가겠습니다."

부인이 상으로 비단을 많이 주었지만 사양하며,

"첩이 천한 재주를 배웠으니 어찌 값을 받겠습니까?"

라고 말하고 갔다.

부인이 즉시 들어가 물으시니, 소저의 병이 이미 나았다.

소저가 침소에 가 시녀에게 물어 말하였다.

"춘랑의 병이 어떠하냐?"

시녀가 말하였다.

"오늘은 잠깐 나아 소저가 거문고 소리를 희롱하심을 듣고 일어나 세수하였습니다."

춘운이 소저를 모시고 밤낮 함께 거처하니, 비록 주인과 종의 분수는 있으나 정은 형제 같았다.

춘운이 이날 소저의 방에 와 물어 말하였다.

"아침에 어떤 여관이 거문고를 가지고 와 좋은 소리를 탄다

하여 병을 억지로 참고 왔는데, 무슨 까닭으로 그 여관이 속히 갔습니까?"

소저가 낯빛이 붉어지며 가만히 대답하여 말하였다.

"내가 몸 가지기를 법대로 하고 말씀을 예대로 하여 나이가 십륙 세 되었지만 중문(中門) 밖에 나가 외인(外人)을 대면치 아니하였는데, 하루아침에 간사한 사람에게 평생 씻지 못할 욕을 입으니 무슨 면목으로 너를 대하겠는가."

춘운이 크게 놀라 말하였다.

"무슨 일이기에 이런 말씀을 하십니까?"

소저가 말하였다.

"아까 왔던 여관이 얼굴이 아름답고 기상이 준수하였다. 처음에 〈예상우의곡〉을 타고 또 한 곡조를 타니 이는 사마상여가 탁문군을 꼬이던 〈봉구황곡(鳳求凰曲)〉이었다. 그제서야 자세히 보니 그 여관이 얼굴은 아름다우나 기상이 호탕하여 아마도 계집이 아니었다. 분명 간사한 사람이 내 허명(虛名)을 듣고 춘색을 구경코자 하여 변복(變服)을 하고 온 것이니, 다만 춘랑이 병들어 보지 못한 것이 애닯구나. 춘랑이 곧 한 번 보았으면 남녀를 구별하였을 것이다. 춘랑은 생각해 보라. 내 규중처녀로서 평생에 보지 못하던 사내를 데리고 반나절을 서로 말을 주고받았으니 천하에 이런 일이 있을 수 있겠느냐? 아무리 부모라도 차마 아뢰지 못하였는데 춘랑에게 말하노라."

춘운이 웃으며 말하였다.

"소저는 여관의 〈봉황곡〉을 듣고 사마상여의 〈봉황곡〉은 아니었으니 어찌 그리 과하게 생각하십니까. 옛날 사람이 잔 가운데 활 그림자를 보고 병들었다는 것과 같습니다. 또 그 여관이 얼굴이 아름답고 기상이 호방하며 음률을 능통하니 참으로 사마상여인가 합니다."

소저가 말하였다.

"비록 사마상여라도 나는 탁문군이 되지 아니할 것이다."

하루는 소저가 부인을 모시고 중당에 앉았는데 사도가 과거 방목(榜目)을 가지고 희색이 만연하여 들어오며 부인에게 말하였다.

"내 아기의 혼사를 정하지 못하여 밤낮으로 염려하였는데 오늘날 어진 사위를 얻었소."

부인이 말하였다.

"어떤 사람입니까?"

사도가 말하였다.

"이번 장원한 사람은 성은 양 씨요 이름은 소유요, 나이는 십륙 세요, 회남 땅 사람이오. 그 풍채는 두목지요, 그 재주는 조자건이니 진실로 이 사람을 얻으면 어찌 즐겁지 아니하겠소."

부인이 말하였다.

"열 번 듣는 것이 한 번 보기만 못하다 하니 친히 본 후에 정하십시오."

소저가 이 말을 듣고 부끄러움을 이기지 못하여 즉시 일어나 침소에 가 춘운에게 말하였다.

"저번에 거문고 타던 여관이 초 땅 사람이라 하더니 회남은 초 땅이다. 양 장원이 분명히 부친께 뵈오려 올 것이니 춘랑은 자세히 보고 나에게 이르라."

춘운이 웃으며 답하였다.

"나는 여관을 보지 못하였사오니 양 장원을 본들 어찌 알겠습니까. 소저가 주렴 사이로 잠깐 보시면 어떠하겠습니까?"

소저가 말하였다.

"한 번 욕을 먹은 후에 다시 볼 뜻이 있겠는가."

이때 양 장원이 회시(會試) 장원하고 이어서 급제 장원하여 한림학사를 하니 이름이 천하에 가득하였다. 명문 귀족의 딸 둔 집에서 매파를 보내어 구혼하는 집이 구름 모이듯 하였다. 그러나 양생은 정 사도 집안과의 혼사를 생각하여 다 물리치고 예부의 권 시랑을 찾아가 정 사도 집안에 구혼의 뜻을 밝히며 자신을 소개하여 줄 것을 요청하였다.

양생은 권 시랑이 써 준 편지를 받아 소매에 넣고 정 사도의 집으로 향하였다. 천자가 내려 준 비단 옷을 입고 머리에 계수나무 꽃가지를 꽂고, 양쪽으로 신선의 음악에 둘러싸여 소유는 정 사도 집 문 앞에 이르렀다.

사도는 즉시 화당을 청소하고 맞이하니, 풍채가 아름답고 예의를 지키는 태도나 행동이 거룩하여 사도가 기쁨을 이기지 못하였다.

춘운이 시비 등을 불러 말하였다.

"이전에 거문고를 타던 여관이 아름답다 하더니, 양 한림과 닮은 곳이 있는가?"

시비들이 모두 말하였다.

"그 여관의 얼굴과 아주 같습니다."

춘운이 들어가 소저의 눈이 밝은 줄을 말하였다.

사도가 한림에게 말하였다.

"나는 팔자가 기구하여 아들이 없고 다만 딸자식이 있으되 혼처를 정하지 못하였으니 한림이 내 사위가 됨이 어떠한가?"

한림이 일어나 절하고 말하였다.

"소자가 경성에 들어와 소저의 요조(窈窕)한 얼굴과 그윽한 재주와 덕행은 일찍이 들었지만, 문벌이 하늘과 땅 사이처럼 다르고 인품이 봉황과 오작 같사오니 어찌 바라겠습니까마는 버리지 아니하시면 하늘 같은 은덕으로 여기겠습니다."

사도가 크게 기뻐하여 술과 안주로 대접하였다.

한참 후에 부인이 소저를 불러 말하였다.

"새로 장원으로 뽑힌 양 한림은 만인이 칭찬하는 바이다. 네 부친이 이미 혼인을 허락하셨으니 우리 부처는 몸을 의탁할 곳을 얻었구나. 무슨 근심이 있겠느냐."

소저가 말하였다.

"시비의 말을 들으니 양 한림이 전에 거문고를 타던 여인과 같다 하던데 그러합니까?"

부인이 말하였다.

"그래, 내가 그 여관을 사랑하여 다시 보고자 하였지만 자연 일이 많아 못하였는데, 오늘 양 한림을 보니 그 여관을 다시 본 듯하여 즐거운 마음을 어찌 금하겠느냐."

"양 한림이 비록 아름다우나, 저는 그와 거리끼는 일이 있으니 혼인함이 마땅치 아니합니다."

부인이 크게 놀라 말하였다.

"너는 재상가 규중의 처녀요, 양 한림은 회남 땅 사람이니 무슨 거리낌이 있겠느냐?"

소저가 말하였다.

"소녀가 말씀드리기 부끄러워 모친께 아뢰지 못하였지만 오늘 양 한림은 이전에 거문고를 타던 여관입니다. 간사한 사람의 꾀에 빠져 한나절이나 말을 주고받았으니 어찌 거리낌이 없겠습니까?"

부인이 미처 대답하지 못하여, 사도가 한림을 보내고 바삐 들어와 소저를 불러 말하였다.

"경패야, 오늘 날 용을 타고 하늘에 올라가는 경사를 보았으니 어찌 기쁘지 아니하겠느냐."

부인이 소저가 거리낀다는 말을 아뢰자, 사도가 크게 웃으며 말하였다.

"양랑은 진실로 만고의 풍류남자로다. 옛적 왕유도 악공이 되어 태평공주의 집에 들어가 비파(琵琶)를 타고 돌아와 장원 급제하여 세상이 오래 칭찬하였는데, 이제 한림이 또 그리하였으니 기이한 일이로다. 또 너는 여관을 보았을 뿐 한림을 보지 아니하였으니 무슨 거리낌이 있겠느냐?"

소저가 말하였다.

"소저가 욕먹기는 부끄럽지 아니하오나, 제가 어질지 못하여 남에게 속은 것이 한이 됩니다."

사도가 웃으며 말하였다.

"그것은 늙은 아비가 알 바가 아니다. 훗날 양 한림에게 물어보아라."

사도가 부인에게 말하였다.

"올 가을에 한림의 대부인을 모셔온 후 혼례는 행하겠지만 납채(納采)는 먼저 받을 것이오. 즉시 택일(擇日)하여 납채를 받고 한림을 데려와 화원 별당에 두고 사위의 예로 대접할 것이오."

하루는 부인이 한림의 저녁 반찬을 장만하는데 소저가 보고 말하였다.

"한림이 화원에 오신 후로 의복과 음식을 친히 염려하시니 소저가 그 괴로움을 당하고자 하나 인정이나 예법에 맞지 않아 못하지만, 춘운이 이미 장성하여 족히 온갖 일을 당할 수 있으니 화원에 보내 한림을 섬기게 하여 노천의 수고를 덜까 합니다."

부인이 말하였다.

"춘운이 얼굴과 재주로 무슨 일을 못 당하겠느냐마는 춘운의 얼굴과 재주가 너와 진배없으니, 먼저 한림을 섬기면 반드시 부인의 권한을 빼앗아 갈까 염려되는구나."

소저가 말하였다.

"춘운의 뜻이 소저와 함께 한 사람을 섬기고자 하는 것이니 따르지 아니할 이유가 없을 것이고, 또 춘운을 먼저 보내면 권한을 빼앗길까 염려하시지만, 한림이 나이 어린 서생으로 재상가 규방에 들어와 처녀를 희롱하니 그 기상이 어찌 한 아내만 지키어 늙겠습니까. 타일에 승상부(丞相府)의 많은 녹봉을 먹을 때 춘운 같은 자색이 몇일 줄을 알겠습니까?"

부인이 사도께 고하자, 사도가 말하였다.

"어찌 나이 어린 남자로 빈 방 촛불만 벗 삼게 하겠소."

이날 소저가 춘운에게 말하였다.

"춘랑아, 내 너와 어려서부터 동기같이 지냈는데 나는 이미 한림의 납채를 받았거니와 너도 나이가 자랐으니 백 년 대사를 염려해야 할 것이다. 어떤 사람을 섬기고자 하느냐?"

춘운이 말하였다.

"소저는 어찌 그런 말씀을 하시옵니까? 첩은 소저를 따라 한 사람을 섬기고자 하오니, 원컨대 소저를 버리지 마십시오."

소저가 말하였다.

"내 본디 춘랑의 뜻을 안다. 의논코자 하는 일이 있으니 어떠하냐? 한림이 거문고 한 곡조로 규중처녀를 희롱하였으니 그 욕이 중하구나. 우리 춘랑이 아니면 누가 나를 위하여 그 치욕을 씻어 주겠는가? 종남산 자각봉은 산이 깊고 경개가 좋다. 춘랑을 위하여 별도의 작은 방을 지어 춘랑의 화촉을 베풀고, 또 사촌형 십삼랑과 기특한 꾀를 내면 내 부끄럼을 씻게 될 것이다. 춘랑은 한 번 수고를 아끼지 말라."

춘운이 말하였다.

"소저의 말씀을 어찌 사양하겠습니까마는 나중에 무슨 면목으로 한림을 뵙겠습니까?"

소저가 말하였다.

"군사의 무리는 장군의 명령을 듣는다 하니, 춘랑은 한림만 두려워하는구나."

춘랑이 웃으며 말하였다.

"죽기도 피하지 못하는데 소저의 말씀을 어찌 좇지 아니하겠 습니까?"

각설.

한림이 한가한 날이면 술집에 가 술도 먹으며 기생도 구경했는데, 하루는 정십삼이 와서 한림에게 말하였다.

"종남산 자각봉이 산천이 아름답고 경개가 좋으니 한 번 구경함이 어떠하오?"

한림이 말하였다.

"바로 내 뜻입니다."

하고, 술과 안주를 이끌고 갔다.

한 곳에 도착하니 꽃과 풀은 흐드러지게 피어 있고 꽃들이 아리따운데, 문득 시냇물에 꽃이 떠내려오거늘 한림이 말하였다.

"반드시 무릉도원(武陵桃源)이 있을 것이다."

정생이 말하였다.

"이 물이 자각봉에서 내려오는데, 일찍이 들으니 꽃 피고 달 밝은 때에는 신선의 풍류 소리가 있어 들은 사람이 많다 하지

만, 나는 신선과의 연분이 없어 한 번도 구경치 못하였으니, 오늘 형과 함께 옷을 떨치고 올라가 신선의 자취를 찾고자 합니다."

그러할 때 문득 정생의 종이 바삐 와서 아뢰었다.

"낭자의 병이 중하오니 상공을 어서 오시라 합니다."

정생이 탄식하며 말하였다.

"과연 신선과의 연분이 없도다. 인연이 이러하여 가지만, 양형은 신선을 찾아보고 오시오."

하고 가자, 한림이 흥을 이기지 못하여 혼자 올라가더니 물 위에 나뭇잎이 떠내려오거늘 건져 보니,

'선방이 운외폐(雲外吠)하니, 지시(知是) 양랑래(楊郎來)로다. 신선의 개 구름 밖에서 짖으니, 알겠군, 양랑이 오는구나.'

하고 씌어 있었다.

한림이 크게 놀라 말하였다.

"이는 반드시 신선의 글이다."

하고, 층암절벽으로 올라가니, 이때 날이 저물고 달이 밝아 길은 험하고 의탁할 곳이 없어 배회하는데, 갑자기 푸른 옷을 입은 선동(仙童)이 시냇가의 길을 쓸다가 한림을 보고 들어가며,

"양랑이 오십니다."

하거늘, 한림이 더욱 놀라 어린 선녀(仙女)를 따라 가니 층암절

벽 위에 한 정자가 있었다. 온갖 화초가 만발한데 앵무 공작이며 두견새 소리가 낭자하니 진실로 선경이었다.

한림이 마음이 황홀하여 들어가니, 비단 장막에 공작 병풍을 둘렀는데 한 선녀가 촛불을 밝게 켜고 서 있다가 한림께 나와 예를 올린 후에 말하였다.

"양랑께서는 어찌 저물어 오십니까?"

한림이 대답하여 말하였다.

"소생은 인간 사람이라 신선과 혼약할 연분이 없는데 어찌 더디다 하십니까?"

선녀가 말하였다.

"한림은 의심치 마십시오."

하고, 여동을 불러 말하였다.

"낭군께서 멀리 와 계시니 급히 차를 드려라."

하니, 여동이 즉시 백옥 쟁반에 신선의 과일을 배설하고 유리잔에 자하주(紫霞酒)를 부어 권하거늘, 그 술이 인간 술과 달랐다.

한림이 말하였다.

"선녀는 무슨 일로 요지(瑤池)의 무한한 경개를 버리고 이 산중에 와 외로이 머무십니까?"

선녀가 탄식하여 말하였다.

"옛일이 꿈같아 생각하면 슬픕니다. 첩은 서왕모의 시녀로서 광한궁의 잔치 때 낭군이 첩을 보고 희롱했다 하시고 옥황상제께서 진노하시어 낭군은 중죄하여 인간으로 귀양 보내고 첩은 경한 죄로 이 산중에 와 있는데, 낭군이 화식(火食)을 하신 까닭에 전생 일을 알지 못하시는군요. 상제께서 첩의 죄를 용서하셔서 곧 승천하라는 분부가 계셨지만 낭군을 만나 전생의 회포를 풀고자 하는 까닭에 아직 머물렀으니 한림은 의심치 마십시오."

한림이 이 말을 닫고 선녀의 손을 이끌어 침소로 들어가 오랫동안 바라던 회포를 다 못 풀었는데 사창(紗窓)이 밝아 왔다.

선녀가 한림에게 말하였다.

"오늘은 첩이 승천할 날이어서 모든 선관(仙官)이 첩을 데리러 올 것이니, 낭군은 오래 머물지 못하실 것입니다."

하고, 어서 가기를 재촉하며 말하였다.

"낭군이 첩을 잊지 아니하신다면 다시 만나 뵈올 날이 있을 것입니다."

하며, 수건에 이별 시를 써 한림에게 주었다.

서로 만나니 꽃이 하늘에 가득하고 서로 이별하니 꽃이 물속에 있도다.

봄빛은 꿈속에 있는 듯하고 흐르는 물은 천리에 아득하도다.

한림이 옷소매를 떼어 그 글에 화답하였다.

하늘 바람이 옥 장신구에 부니 흰 구름이 기이하도다.
무산의 다른 날 밤비에 양왕의 옷을 적시고저 하노라.

선녀가 그 글을 보고 눈물을 지으며 말하였다.
"서산에 달이 지고 두견이 슬피 우니 한 번 이별하면 구만 장천 구름 밖에 이 글귀뿐이군요."
글은 받아 품에 품고 재삼 재촉하였다.
"때가 점점 늦어지니 낭군은 어서 가십시오."
한림이 선녀의 손을 잡고 눈물로 이별하니 그 애련한 정은 차마 보지 못할 바였다.
한림이 집에 돌아오니 자각봉의 많은 화초가 두 눈에 삼삼하고 선녀의 말소리는 두 귀에 쟁쟁하니 꿈을 깬 듯하여 탄식해 말하였다.
"거기 잠깐 몸을 숨겨 선녀의 가는 모습을 못 본 것이 한이다."
이렇듯 도저히 잊을 수 없어 할 때, 정생이 돌아와서 한림에게 말하였다.
"어제 집사람의 병으로 형과 함께 선경을 구경치 못하여 한이 되었으니 다시 또 한 번 형과 놀아 봄이 어떠하오?"

한림이 크게 기뻐하여 선녀가 있던 곳이나 보고자 하여 술과 안주를 가지고 성 밖에 나와 보니 녹음방초(綠陰芳草)가 꽃보다 아름다운 초여름이었다.

한림과 정생이 술을 부어 마시는데 길가에 퇴락한 무덤이 있어 한림이 잔을 잡고 탄식하여 말하였다.

"슬프다. 사람이 죽으면 다 저러하구나."

정생이 말하였다.

"형은 저 무덤을 알지 못할 것이오. 옛 장녀랑의 무덤이라. 장녀랑의 얼굴과 재덕이 만고에 으뜸이었는데, 나이 이십 세에 죽자 후세 사람들이 불쌍히 여겨 그 무덤 앞에 화초를 심어 망혼을 위로하니, 우리도 마침 이곳에 왔으니 한 잔 술로써 위로함이 어떠하오?"

한림은 다정한 사람이다.

"형의 말씀이 옳소. 한 잔 술을 아끼겠는가?"

하고, 각각 제문(祭文)을 지어 한 잔 술로 위로하였다.

이때 정생이 무덤을 돌아다니다가 문득 비단 적삼 소매에 쓴 글을 얻어 가지고 읊으며 말하였다.

"어떤 사람이 이 글을 지어 무덤 구멍에다 넣었는가?"

한림이 살펴보니, 자각봉에서 선녀와 이별하던 글이었다.

한림이 크게 놀라 말하였다.

"그 미인이 선녀가 아니라 장녀화의 혼이었구나."

하고, 땀이 나 등이 젖고 머리털이 하늘로 솟았다.

정생 없는 때를 타서 다시 한 잔 술을 부어 가만히 빌어 말하였다.

"비록 유명(幽明)은 다르지만 정은 같으니 혼령은 다시 보게 하라."

하고, 정생을 데리고 왔다.

이날 밤 한림이 화원 별당에 앉았는데, 과연 창밖에 발자취 소리가 나 한림이 문을 열어 보니 자각봉 선녀였다. 한편으로 반갑고 한편으로는 놀라 내달아 옥 같은 손을 이끌자, 미인이 말하였다.

"첩의 근본을 낭군이 아셨으니 더러운 몸이 어찌 가까이하겠습니까? 처음에 낭군을 속인 것은 놀라실까 하고 선녀라 하여 하룻밤을 모셨던 것인데, 오늘 첩의 무덤을 찾아와 제사를 올리고 술을 부으셨으니 즐거웠고, 또 제문을 지어 임자 없는 그 혼을 이같이 위로하시니 어찌 감격지 않겠습니까? 은공을 잊지 못하여 은혜에 보답하러 왔지만 더러운 몸으로는 다시 상공을 모시지 못하겠습니다."

한림이 다시 소매를 잡고 말하였다.

"사람이 죽으면 귀신이 되고 환생하면 사람이 되는 그 근본은 한가지라. 유명은 다르나 연분을 잊을 수 있겠는가?"

하고, 허리를 안고 들어가니 연모하는 정이 전날보다 백 배나 더하였다.

한참 후에 날이 새었다.

미인이 말하였다.

"첩은 날이 밝으면 출입을 못 합니다."

한림이 말하였다.

"그러하면 밤에 만나기로 하지."

미인이 대답지 아니하고 꽃밭 속으로 들어갔다.

이후부터는 밤마다 왕래하였다.

하루는 정생이 두진인이란 사람을 데리고 화원에 들어가니, 한림이 일어나 예를 올린 후에 정생이 말하였다.

"진인은 한림의 관상을 봐 주십시오."

진인이 말하였다.

"한림의 관상이 두 눈썹이 빼어나 눈초리가 귀밑까지 갔으니 정승할 상이요, 귀밑이 분을 바른 듯하고 귓밥이 구슬을 드린 듯하니 어진 이름은 천하에 진동할 것이요, 권골(權骨)이 낯에 가득하니 병권(兵權)을 잡아 만 리 밖에 봉후(封侯)할 관상이지만 한 가지 흠이 있습니다."

한림이 말하였다.

"사람이 길흉화복은 다 정한 바이오."

진인이 말하였다.

"상공이 숨겨둔 첩을 가까이하십니까?"

한림이 말하였다.

"없소이다."

진인이 말하였다.

"혹 옛 무덤을 지나다 슬픈 마음이 일어난 적이 있으십니까?"

"없소."

진인이 말하였다.

"꿈속에서 계집을 가까이하십니까?"

"없소이다."

정생이 말하였다.

"두 선생의 말씀이 한 번도 그른 적이 없으니 양형은 자세히 생각하시오."

한림이 대답지 아니하자, 진인이 말하였다.

"임자 없는 여귀신이 한림의 몸에 어리었으니 여러 날이 지나지 아니하여 병이 골수에 들 것이니 구완치 못합니다."

한림이 말하였다.

"진인의 말씀이 그러면 과연 그러하겠지만 장녀랑이 나와 정회가 심히 깊으니 어찌 나를 해하겠는가? 옛날 초나라의 양왕도 무산(巫山) 선녀를 만나 함께 잤고, 유춘이라 하는 사람도 귀신과 교접하여 자식을 낳았으니 어찌 의심하며, 또 사람이 오래 살고 일찍 죽는 것은 다 하늘이 정한 것이니, 내 관상이 부귀공후할 상이라면 장녀랑의 혼이 어찌하겠소?"

진인이 말하였다.

"한림은 마음대로 하십시오."

하고 갔다.

한림이 술이 취하여 누웠다가 밤에 일어나 앉아 향을 피우고 장녀랑 오기를 기다리더니, 갑자기 창밖에서 슬프게 말하는 소리가 있어 가만히 들어보니 장녀랑의 소리였다.

장녀랑이 울며 말하였다.

"괴상한 도사의 말을 듣고 첩을 오지 못하게 하니 어찌 이리 박절하십니까?"

한림이 크게 놀라 문을 열고 말하였다.

"어찌 들어오지 못하는가?"

여랑이 말하였다.

"나를 오게 하면 왜 부적을 머리에 부치셨습니까?"

한림이 머리를 만져 보니 과연 귀신을 쫓는 부적이었다. 한림이 크게 화가 나서 부적을 찢고 내달아 여랑을 잡으려 하니, 여랑이 말하였다.

"나는 이제부터 영원히 이별하니 낭군은 옥체를 편안히 보전하십시오."

하고, 울며 담을 넘어 가니 붙들지 못하였다.

쓸쓸한 빈 방에 혼자 누워 잠도 이루지 못하고 음식도 먹지 못하니 자연 병이 되어 형용이 파리하고 초췌해졌다.

하루는 사도 부처가 큰 잔치를 베풀고 한림을 청하여 놀다가 사도가 말하였다.

"양랑의 얼굴이 어찌 저토록 초췌한가?"

한림이 말하였다.

"정형과 술을 과히 먹어 술병인가 합니다."

사도가 말하였다.

"종의 말을 들으니 어떤 계집과 함께 잔다 하니 그러한가?"

한림이 말하였다.

"화원이 깊으니 누가 들어오겠습니까?"

정생이 말하기를,

"형이 어찌 아녀자같이 부끄러워하는가. 형이 두진인의 말을 깨닫지 못하기에, 축귀 부적을 형의 상투 밑에 넣고 그날 밤에 꽃밭 속에 앉아 보았는데, 어떤 계집이 울며 창밖에 와 하직하고 가니 과연 두진인의 말이 그르지 아니하였소."

라 하자, 한림이 속이지 못하고 말하였다.

"소자에게 과연 괴이한 일이 있습니다."

하고, 일의 전후의 일을 아뢰자, 사도가 웃으며 말하였다.

"나도 젊었을 때 부적을 배워 귀신을 낮에 불러오게 하였는데, 이제 양랑을 위하여 그 미인을 불러 생각하는 마음을 위로하겠다."

한림이 말하였다.

"장인어른께서 비록 도술이 용하시나 귀신을 어찌 낮에 부르시겠습니까? 소자를 희롱하시려는군요."

사도가 파리채로 병풍을 치며 말하였다.

"장녀랑은 있느냐?"

하자, 한 미인이 웃음을 머금고 병풍 뒤에서 나오는데 한림이 눈을 들어 보니 과연 장녀랑이었다. 마음이 황홀하여 사도께 아뢰어 말하였다.

"저 미인이 귀신입니까, 사람입니까? 귀신이면 어찌 대낮에 나옵니까?"

사도가 말하였다.

"저 미인의 성은 가 씨요, 이름은 춘운이다. 한림이 적조한 빈방에 외로이 있음이 민망하여 춘운을 보내어 위로하기 위함이었다."

한림이 말하였다.

"위로함이 아니라 희롱하심입니다."

정생이 말하였다.

"양형은 스스로 화를 입은 것이니 이전의 허물을 생각하시오."

한림이 말하였다.

"나는 지은 죄 없으니 무슨 허물이오."

정생이 말하였다.

"사나이가 계집이 되어 삼 척 거문고로 규중처녀를 희롱했으니 사람이 신선되며 귀신됨도 이상치 아니합니다."

한림이 고향에 돌아와 대부인을 모셔와 혼례를 지내고자 했는데, 그때 토번이란 도적이 변방을 쳐들어와 하북을 나누어 연나라, 위나라, 조나라가 되어 서로 장난하니 천자가 진노하여 조정 대신을 불러 의논하자, 양소유가 임금 앞에 나아가 아뢰어 말하였다.

"옛날 한무제는 조서(詔書)를 내려서 남월 왕에게 항복을 받았으니, 원컨대 폐하는 급히 조서하여 천자의 위엄을 보이십시오."

천자가,

"현명하다."

하고, 즉시 한림을 명하여 조서를 만들어 세 나라에 보내니, 조왕과 위왕은 즉시 항복하고 무명 천 필을 드렸지만, 오직 연왕만은 땅이 멀고 군병이 강하기로 항복하지 아니하였다.

천자가 한림을 불러 말하였다.

"선왕이 십만 군병으로도 항복받지 못한 나라를 한림은 짧은 글로써 두 나라를 항복받고 천자의 위엄을 만 리 밖에 빛나게 하니 어찌 아름답지 아니하겠는가?"

비단 이천 필과 말 오십 필을 상으로 내리시니, 한림이 삼가 사양하며 말하였다.

"모두 다 현명한 임금의 덕이오니 소신이 무슨 공이 있겠습니까? 연왕이 항복지 아니함은 나라의 부끄러움이니, 청컨대 한 칼을 짚고 연국에 가 연왕을 달래어 듣지 아니하면 연왕의 머리를 베어 오겠습니다."

천자가 장히 여겨 허락하시고 병부(兵符)를 주시니 한림이 임금의 은혜에 감사히 여겨 경건하게 절하고 나와 정 사도께 하직하고 갈 때, 사도가 말하였다.

"슬프다. 양랑이 십륙 세 서생으로 만 리 밖에 가니 노부(老夫)의 불행이다. 내 늙고 병들어 조정 의논에 참여치 못하나 상소하여 다투고자 한다."

한림이 말하였다.

"장인께서는 과히 염려치 마십시오. 연나라는 솥에 든 고기요, 구멍에 든 개미라 무슨 염려하겠습니까?"

부인이 말하였다.

"좋은 사위를 얻은 후로 늙은이가 기쁨과 노여움을 위로받았는데, 이제 어찌 될지 알 수 없는 땅에 가시니 어찌 슬프지 아니하겠는가? 바라건대 빨리 성공하고 돌아오시오."

한림이 화원에 들어가 행장을 차려 떠나려 할 때, 춘운이 소매를 잡고 눈물을 흘리며 말하였다.

"상공이 한림원에 가셔도 밤에 잠을 이루지 못하시는데, 이제 만 리 밖에 가시니 불 밝혀 지키다 울까 합니다."

하니, 한림이 웃으며 말하였다.

"대장부는 나라 일을 당하여 사생을 돌아보지 아니하니 어찌 사사로운 감정을 생각하겠는가? 춘랑은 부질없이 슬퍼하여 꽃 같은 얼굴을 상하게 말고, 소저를 편히 모셔 내가 공을 이뤄 허리에 말 같은 인(印)을 차고 돌아오기를 기다리라."

하고 갔다.

한림이 낙양 땅을 지날 때, 십륙 세 소년으로 옥절(玉節)을 가지고 병부(兵符)를 차고 비단옷을 입고 위의가 늠름하였다. 낙양 태수와 하남 부윤(河南府尹)이 다 앞길을 인도하여 맞으니 광채가 비할 데 없었다.

한림이 서동을 보내어 계섬월을 찾으니 섬월이 거짓으로 아프다 하고 산중에 들어간 지 오래였다. 한림이 섭섭한 마음을 금치 못하여 객관(客館)에 들어가 촛불만 벗을 삼고 앉았다가 날이 새거늘, 글을 지어 벽 위에 쓰고 갔다.

연국에 이르니 그 땅 사람이 한쪽 구석에 있어 천자의 위엄을 보지 못하였다가, 한림 행차를 보고는 두려워 음식을 많이 장만하여 군사를 먹이고 사례하였다.

한림이 연왕을 보고 천자의 위엄을 베푸니, 연왕이 즉시 땅에 엎드려 항복하고 황금 일만 냥과 명마 백 필을 드리거늘 한림이 받지 아니하고 왔다.

한림은 연국을 떠나 서쪽으로 십여 일을 가서 조나라의 도읍지 한단 땅에 이르렀다. 한 나이 어린 서생이 혼자 한 마리 말을 타고 행차를 피하여 길가에 섰는데, 한림이 자세히 보니 얼굴은 반악(潘岳) 같고 풍채와 거동이 비범하거늘, 한림이 객관에 머물러 소년을 청하여 말하였다.

"내 천하를 두루 다니며 보았지만 그대 같은 사람을 보지 못하였으니 성명을 뉘라 하는가?"

소년이 대답하여 말하였다.

"소생은 하북 사람입니다. 성은 적 씨요, 이름은 생이라 합니다."

한림이 말하였다.

"내 어진 선비를 얻지 못하여 세상일을 의논치 못하였는데 그대를 만나니 어찌 즐겁지 아니하겠는가?"

적생이 말하였다.

"나는 초야에 묻혀 있어 견문이 없거니와, 상공이 버리지 아니하시면 평생 상공을 지키고 모시겠습니다."

한림이 적생을 데리고 산수풍경을 구경하고 낙양 객관에 다다랐다. 이때 계섬월이 높은 누각 위에 올라 한림의 행차를 기다리다가 한림에게 나아가 절하고 앉으니, 한편으로는 슬프고 한편으로는 기쁨을 이기지 못해 눈물을 흘리며 말하였다.

"첩이 상공을 이별한 후에 깊은 산중에 들어가 자취를 감추었다가 상공이 급제하여 한림 벼슬하신 기별만은 들었지만, 그때 옥절을 가지고 이리 지나실 줄을 모르고 산중에 있었는데, 연나라에게 항복받아 꽃 장식한 덮개 가마를 앞에 세우고 돌아오실 때, 천지만물과 산천초목이 다 환영하오니 첩이 어찌 모르겠습니까? 알지 못하겠지만 부인은 정하셨습니까?"

한림이 말하였다.

"정 사도 댁 따님과 혼사를 정하였지만 예식은 아직 치루지 못하였다."

말을 그친 후에 날이 저물어 서동이 고하여 말하였다.

"한림께서 적생을 어진 선비라 하셨는데, 지금 섬랑의 손을 잡고 희롱하고 있습니다."

한림이 말하였다.

"적생은 본디 어진 사람이라 반드시 그러지 아니할 것이요, 섬월도 내게 정성이 지극하니 어찌 다른 뜻이 있겠느냐? 네가 잘못 보았다."

서동이 부끄러워하며 물러갔다가 한참 후에 다시 고하였다.

"상공께서 제 말을 요망타 하셔서 다시 아뢰지 못하겠으니, 원컨대 상공께서 잠깐 가서 보십시오."

한림이 난간에 숨어 거동을 보니 과연 적생이 섬월의 손을 잡고 희롱하고 있었다. 한림이 하는 말을 듣고자 하여 나아가니 적생이 갑자기 한림을 보고 놀라 도망하고, 섬월도 부끄러워 말을 못하자 한림이 말하였다.

"섬랑아, 네가 적생과 친한 사이였느냐?"

섬월이 말하였다.

"첩이 과연 적생의 누이와 결의형제하여 그 정이 동기 같더니, 적생을 만남에 반가워 안부를 물었는데 상공께서 보시고 의심하시니, 첩의 죄가 백 번 죽어도 아까울 것이 없습니다."

한림이 말하였다.

"내 어찌 섬랑을 의심하겠는가? 어진 사람을 잃었으니 잘못되었다."

하고, 이어서 섬월과 함께 잤는데 닭이 울어 날이 샜다. 섬월이 먼저 일어나 촛불을 돋우고 단장하는데 한림이 눈을 들어보니 밝은 눈과 고운 태도가 섬월이었으나 자세히 보면 또 아니었다. 한림이 놀라 물어 말하였다.

"미인은 어떤 사람인가?"

미인이 대답하여 말하였다.

"첩은 본디 하북 사람입니다. 제 성명은 적경홍으로 섬랑과 함께 결의형제한 사이였는데, 오늘 밤에 섬랑이 마침 병이 있노라 하고 저에게 상공을 모시라 하거늘 첩이 마지못하여 모셨습니다."

말을 맺지 못하여 섬월이 문을 열고 말하였다.

"상공께서 오늘밤 새 사람을 얻었으니 축하드립니다. 첩이 일찍이 하북의 적경홍을 상공께 천거하였는데 과연 어떠십니까?"

한림이 말하였다.

"듣던 말보다 훨씬 낫군. 어제 적생의 누이가 있다 하더니 그러하냐? 얼굴이 아주 같구나."

경홍이 말하였다.

"첩은 본디 동생이 없습니다. 첩이 과연 적생입니다."

한림이 오히려 의심하여 말하였다.

"홍랑은 어찌 남자의 복장을 하고 나를 속이느냐?"

경홍이 말하였다.

"첩은 본디 연왕의 궁중 사람입니다. 재주와 얼굴이 남보다 못하나 평생에 대인 군자를 섬기는 것이 소원이었는데, 저번에 연왕이 상공을 맞아 잔치할 때, 첩이 벽 틈으로 상공의 기상을 잠간 본 후에 호화로운 생활이 다 하찮게 보여 상공을 따라 좇고자 하였지만, 구중궁궐(九重宮闕)을 어찌 나오며 천리만리를 어찌 따르겠습니까? 죽기를 무릅쓰고 연왕의 천리마를 도적해 타고 남자의 복장을 하여 상공을 따라 왔으니, 부디 상공을 속인 일은 아니지만 엎드려 사죄합니다."

한림이 섬월을 시켜 위로하였다.

이날 한림이 떠나려 할 때, 섬월과 경홍이 말하였다.

"상공이 부인을 얻으신 후에 첩 등이 모실 날이 있으니 상공은 평안히 행차하십시오."

이때 연왕의 항복받은 문서와 조공받은 보화를 다 경성으로 들여가자, 황제가 크게 기뻐하여 말하였다.

"양 한림이 승전하여 온다."

하고, 모든 관리를 보내어 맞아 들여와 상을 내리고 예부 상서

(禮部尙書)를 내렸다.

한림이 은혜에 깊이 감사드리고 물러 나와 정 사도 집에 가 뵈니, 사도가 반가움을 이기지 못하여 말하였다.

"만리타국에 가 성공하고 벼슬을 돋우시니 우리 집의 복이로다."

한림이 화원에 나와 춘운에게 소저의 안부를 묻고 귀한 정을 이루 다 헤아리지 못하였다.

하루는 한림원에서 난간에 지어 붙인 글귀를 읊으며 달을 구경하는데, 갑자기 바람결에 퉁소 소리가 들리거늘 하인을 불러 말하였다.

"이 소리가 어디서 나느냐?"

하인이 대답하였다.

"확실히는 모르겠지만 달이 밝고 바람이 순하면 때때로 들립니다."

한림이 손 안에 백옥 퉁소를 내어 한 곡조를 부니 맑은 소리가 청천에 사무쳐 오색구름이 사면에 일어나며 청학과 백학이 공중에서 내려와 뜰에서 춤을 추었다. 보는 사람이 기이하게 여겨 말하였다.

"옛날 왕자 진이라도 미치지 못할 것이다."

이때 황태후에게 두 아들과 한 딸이 있는데, 맏아들은 천자요, 또 하나는 월왕을 봉하고, 또 딸은 난양 공주다. 태후가 한 선녀가 신선의 꽃과 붉은 진주를 가져와 팔에 거는 꿈을 꾸고 한참 후에 공주를 낳으니 옥 같은 얼굴과 난초 같은 태도는 세상 사람이 아니요, 민첩한 재주와 늠름한 풍채는 천상의 신선이었다. 태후가 가장 사랑했는데, 서역국에서 백옥 통소를 진상하자 악공을 불러 이것을 불어 보라고 하였지만 소리를 내지 못하였다. 공주가 어느 날 밤에 한 꿈을 꾸니 한 선녀가 나타나 한 곡조를 가르쳐 주었는데, 공주가 꿈에서 깨어 그 통소를 불어 보니 소리가 청아하여 세상에 듣지 못하던 곡조였다. 황제와 태후가 사랑하여 항상 달 밝은 밤이면 불게 하니, 그때마다 청학이 내려와 춤을 추었다.

태후와 황제가 매일 말하였다.

"난양이 자라면 신선 같은 사람을 얻어 부마(駙馬)를 삼을 것이다."

하더니, 이날 밤 공주의 통소 소리에 춤추던 학이 한림원에 가 춤을 추었다. 이것을 본 궁중 사람들이 모두 양 상서가 통소를 불어 선학을 내리게 한다고 말하였다. 그 후에 궁 안으로 흘러들어간 이 말을 황제가 듣고 기특히 여겨 말하였다.

"양소유는 진실로 난양의 배필이다."

하시고, 태후께 들어가 아뢰어 말하였다.

"예부 상서 양소유의 나이가 난양과 서로 비슷하고 재주와 얼굴이 모든 신하 중에 으뜸이니 부마로 정할까 합니다."

태후가 크게 기뻐하여 말하였다.

"소화(簫和)의 혼사를 정하지 못하여 밤낮으로 염려하였는데 양소유는 진실로 하늘이 정해 준 소화의 배필이니, 내가 양 상서를 보고 청하고자 하오."

황제가 말하였다.

"어렵지 아니하니 양 상서를 불러 별전에 앉히고 문장을 의논할 때, 태후께서는 주렴 속에서 보시면 아실 것입니다."

"그렇게 하는 것이 아주 좋겠소."

태후가 크게 기뻐하였다.

난양의 이름은 소화인데, 그 통소에 그렇게 새겨져 있어서 이름을 붙인 것이다.

그리하여 황제가 환자(宦者)를 보내어 상서를 부르자, 환자가 정 사도의 집에 가 물으니 상서가 오지 않았다. 환자가 급히 찾으니 상서가 바야흐로 정십삼을 데리고 장안 술집에 가 술에 흠뻑 취하였다. 환자가 급히 명패(名牌)로 부르니 상서가 취중에 정신을 차리지 못하여 창기에게 붙들려 조복(朝服)을 입고 겨우 들어가 황제를 뵈었다.

황제가 자리를 내주며 크게 기뻐하며 맞이하였다. 이어 백대

제와의 치란흥망(治亂興亡)과 만고의 문장명필을 의논할 때, 상서가 고금의 제왕을 역력히 의논하고 문장을 차례로 헤아리니, 황제가 크게 기뻐하여 말하였다.

"내 이태백을 보지 못하여 한이었는데 경을 얻었으니 어찌 이태백을 부러워하겠는가? 짐이 글하는 궁녀 여남은 명을 가려 여중서(女中書)를 봉하였으니, 경이 그 궁녀들에게 각각 글을 지어 주면 그 재주를 보고자 한다."

하고, 즉시 궁녀를 명하여 백옥으로 된 책상과 유리 벼루와 금으로 만든 두꺼비 모양의 연적을 앞에 놓게 하였다.

모든 궁녀가 차례로 늘어서서 혹 좋은 화선지와 비단 수건이며 그림 그린 부채를 들고 다투어 글을 빌자, 상서가 취흥이 일어나 좋은 붓을 한 번 휘두르니 구름과 바람이 일어나며 용과 뱀이 뒤트는 것 같았다. 순식간에 궁녀에게 다 지어 주니 궁녀들이 그 글을 가지고 차례로 황제께 드리자, 황제가 다 보시고 극히 아름답게 여겨 궁녀를 명하여 어주(御酒)를 내리라 하였다. 궁녀가 다투어 각각 술을 드리니 상서가 받는 듯, 주는 듯 삼십여 잔을 마신 후에 몹시 취하여 정신을 차리지 못하였다.

황제가 말하였다.

"이 글 한 구절의 값을 논하면 천금과 같다. 옛글에 '모과를 던지거든 구슬로 보답하라.' 하였으니, 너희는 무엇으로 문장을 써 준 대가를 치르겠느냐?"

모든 궁녀가 봉황을 새긴 금비녀도 빼고, 흰 옥과 금으로 된 노리개도 끄르며, 옥가락지도 벗어 서로 다투어 상서께 던지니 잠깐만에 산같이 쌓였다.

황제가 웃으며 말하였다.

"짐은 무엇으로 상을 내리면 좋겠는가?"

하고, 환자를 시켜 쓰던 필묵과 벼루와 연적과 궁녀들이 드린 보화를 거두어 상서의 집에 드리라 하였다. 상서가 머리를 조아려 은혜에 깊이 감사하고 일어나 화원에 가니, 춘운이 내달아 옷을 벗기고 물어 말하였다.

"누구의 집에 가셔서 이리 취하셨습니까?"

말을 맺지 못하여 종이, 필묵, 벼루, 연적과 봉황을 새긴 비녀, 가락지, 금 노리개를 무수히 보여 주었다.

상서가 춘운에게 말하였다.

"이 보화는 천자께서 춘랑에게 상사(賞賜)하신 바라."

춘운이 다시 듣고자 하였으나, 상서는 벌써 잠이 들었다.

다음 날 상서가 일어나 세수하는데 문 지키는 사람이 급히 고하였다.

"월왕께서 오셨습니다."

상서가 크게 놀라 신을 벗고 내달아 맞아 윗자리를 내어주고 물어 말하였다.

"전하께서 무슨 일로 누추한 곳에 행차하셨습니까?"

월왕이 말하였다.

"과인이 황제의 명을 받아 왔소. 난양 공주가 나이가 들었지만 부마를 정하지 못하였는데, 황제께서 상사의 재덕을 사랑하시어 혼인을 정코자 하십니다."

상서가 크게 놀라 말하였다.

"소신이 무슨 재덕이 있습니까? 황제 폐하의 은혜가 이렇듯 하오니 아뢸 말씀이 없지만 정 사도 댁 따님과 혼인을 정하여 납폐를 한 지 삼 년이니, 원컨대 대왕은 이 뜻을 황제께 아뢰어 주십시오."

월왕이 말하였다.

"내 돌아가 아뢰겠지만 슬픕니다. 상서를 사랑하던 일이 허사가 되었군요."

상서가 말하였다.

"혼인은 인륜대사이니 소신이 들어가 죄를 받겠습니다."

월왕이 즉시 하직하고 갔다.

상서가 들어가 사도를 보고 월왕의 말을 전하니, 온 집안이 다 허둥지둥하며 어쩔 줄 몰라 했다.

황태후가 상서를 처음 보고 크게 기뻐하여 말하였다.

"이는 하늘이 정해 준 난양의 배필이니 어찌 다른 의논이 있겠는가?"

하고, 월왕에게 먼저 뜻을 통하게 하였던 것이다.

그때 황제가 상서의 글과 글씨를 잊지 못하여 다시 보고자 하여 태감에게 명하여

"즉시 거두어들이라."

하였다.

궁녀들이 이미 그 글을 깊이 간수하였는데 한 궁녀는 상서가 글 쓴 부채를 들고 제 침실에 들어가 슬피 울었다. 이 궁녀의 성명은 진채봉이니 화음 땅 진 어사의 딸이다. 진 어사가 죽은 후에 궁의 노비가 되었는데 천자가 보고 사랑하여 후궁을 봉하려 하자, 황후가 그 재덕을 보고 자기 권리를 휘두를까 염려하여 말하였다.

"진 낭자의 재주와 행실이 족히 후궁을 봉함직하지만 제 아비를 죽이고 그 딸을 가까이함이 가치 아니한 듯합니다."

황제가 말하였다.

"옳다."

하고, 채봉을 불러 말하였다.

"너를 황태후 궁중에 보내어 난양 공주를 모시게 할 것이니 잘 모셔야 한다."

하고 보내자, 공주도 그 재주와 용모를 보시고 사랑하여 잠시도 떠나지 못하게 하였다.

하루는 황태후를 모시고 봉래전에 가 양 상서의 글을 얻으니 상서는 채봉을 알아보지 못하였지만, 채봉은 알아보고 자연 슬픈 마음을 이기지 못하였다. 눈물을 머금고 남이 알까 두려워 부채만 들고 물러가 상서를 피하여 한 번 글을 읊으니 눈물이 일천 줄이었다. 진랑이 옛일을 생각하여 상서의 글에 화답하여 그 부채에 썼는데, 갑자기 태감이 급히 와 양 상서의 글을 다 들이라 하신다 하자, 채봉이 크게 놀라 말하였다.

"과연 다시 찾을 줄을 알지 못하고 그 글에 화답하여 그 부채에 썼는데, 황상께서 보시면 반드시 죄가 중할 것이니 차라리 자결하겠습니다."

하자 태감이 말하였다.

"황상이 인후하시니 반드시 죄 묻지 아니하실 것이요, 내 또 힘써 구완할 터이니 염려 말고 갑시다."

채봉이 마지못하여 태감을 따라갔다.

태감이 모든 궁녀의 글을 차례로 드리자, 황제가 글마다 보시다가 채봉의 부채에 쓴 글을 보시고 괴히 여겨 물어 말하였다.

"양 상서의 글에 누가 화답하였느냐?"

태감이 말하였다.

"진 씨의 말을 들어보니 '황상이 다시 찾으실 줄을 모르고 외람되게 화답하여 썼습니다.' 하고 죽으려 하기에 소신이 못 죽게 하여 데려왔습니다."

황제가 다시 채봉의 글을 보니 그 글은 다음과 같았다.

비단 부채 둥긋하여 달 같으니,
누각 위에서 부끄러워하던 만남이 생각나누나.
처음 지척에서도 서로 알지 못할 바
문득 그대로 하여금 자세히 보게나 할걸.

황제가 보고 말하였다.

"진 씨에게 반드시 사정이 있도다. 어떤 사람을 보았기에 이 글이 이러한가? 그러나 재주가 아까우니 살려는 주겠다."

하고, 태감을 명하여 채봉을 불렀다. 그러자 채봉이 들어가 섬돌 아래에 엎드려 머리를 두드리며 말하였다.

"소첩이 죽을죄를 지었사오니, 원컨대 빨리 죽여 주십시오."

황제가 말하였다.

"네 속이지 말고 바로 아뢰라. 어떤 사람과 사정이 있느냐?"

채봉이 눈물을 흘리며 말하였다.

"황상께서 하문하시니 어찌 속이겠습니까? 첩의 집이 망하지 아니하였을 때, 양 상서가 과거를 보러 가다가 첩을 보고 〈양류사(楊柳詞)〉로 서로 화답하고 결친(結親)하기를 언약하였는데, 이전에 봉래전에서 글을 지을 때 첩은 상서를 알아보았지만 상서는 첩을 알지 못해서 슬픈 마음을 이기지 못하여 우연히 화답하였으니, 첩의 죄는 백 번 죽어 마땅합니다."

황제가 말하였다.

"네가 〈양류사〉를 기억하겠느냐?"

채봉이 즉시 〈양류사〉를 써서 드리니, 황제가 보고 말하였다.

"너의 죄가 중하나 네 재주가 기특하니 용서한다. 돌아가 난양을 정성으로 섬겨라."

하고, 부채를 주었다.

이날 황제가 황태후를 모셔 잔치를 하는데, 월왕이 양 상서의 집에서 돌아와 정 사도의 집에 납폐한 말을 고하니 황태후가 크게 노하여 말하였다.

"양 상서가 조정 체모를 알 텐데 어찌 나라의 영을 거역하는가?"

다음 날 황제가 양소유를 불러 보고 말하였다.

"짐이 한 누이동생이 있는데 경이 아니면 가히 배필 될 사람이 없어 월왕을 경의 집에 보냈소. 그런데 정 사도의 집 말로써 경이 사양한다 하니 생각지 못한 바이다. 예로부터 부마를 정하면 얻은 아내라도 소박하거늘, 상서는 정가 여자와 아직 혼례를 올린 일이 없으니 정가 여자는 자연히 시집갈 곳이 있을 것인데 무슨 해가 되겠는가?"

상서가 머리를 조아리며 말하였다.

"소신은 먼 지방 사람으로 경성에 와 몸을 맡길 곳이 없어 정 사도의 관대함을 입어 묵을 곳을 정하고 납례(納禮)를 하여 장인과 사위의 의리를 맺고 부부의 뜻을 정하였지만, 이제까지 혼례를 행치 못한 것은 국가의 맡은 일이 많아 모친을 모셔 오지 못하였기 때문이었는데, 이제 소신을 부마를 정하시면 여자는 죽기로 수절할 것이니 어찌 국정에 해롭지 아니하겠습니까?"

황제가 말하였다.

"경의 딱하고 가엾은 형편은 그러하나 혼례를 행치 아니하였으니 정가 여자가 무슨 수절을 하며, 또 황태후가 경의 재덕을 사랑하여 부마를 정하고자 하시니 경은 과히 사양치 말라. 혼인은 대사이니 어찌 소소한 사정을 생각하겠는가. 짐과 바둑이나 두자."

하고, 종일토록 바둑을 두다가 나오니, 정 사도가 상서를 보고 눈물을 흘리며 말하였다.

"오늘 황태후께서 전교(傳敎)하시어 '양 상서의 납채(納采)를 빨리 내어 주라. 아니면 큰 벌이 있을 것이다.'라고 하시기에 납채를 화원에 내어 보냈으니, 우리 집 앞일이 걱정이다. 나는 겨우 부지하겠지만 늙은 처는 병이 되어 정신을 차리지 못하니 이런 사정이 있는가?"

상서가 실색하여 말을 못 하다가 한참 후에 말하였다.

"제가 상소하여 다투면 조정에 공론이 없겠습니까?"

사도가 말하였다.

"상서가 이제 상소하면 반드시 무거운 죄를 얻으려니와 천자의 명령을 받은 후에 화원에 있기 미안하니, 아무리 떠나기 서운하나 다른 데 거처를 정하는 것이 마땅하다."

상서가 대답하지 아니하고 화원으로 나가니, 춘운이 눈물을 흘리며 납채를 붙들고 말하였다.

"소저의 명으로 와 상서를 모신 지 오래인데, 호사다마(好事多魔)하여 일이 이리 되어 소저의 혼사는 다시 바랄 것이 없으니 첩도 아주 이별하렵니다."

상서가 말하였다.

"내가 상소하여 힘써 다투겠지만 설사 허락하지 아니하신 데도 춘랑은 이미 내게 몸을 맡겼으니 어찌 나를 버리는가."

춘운이 말하였다.

"첩이 비록 민첩하지 못하나 여필종부의 뜻을 어이 모르겠습니까마는, 첩이 어려서 소저와 죽고 살며 남고 모자란 것을 함께하자고 맹세하였으니, 오늘날 상서를 모시는 것도 소저의 명입니다. 소저가 평생토록 수절하면 첩이 어디를 가겠습니까?"

상서가 말하였다.

"소저는 동서남북의 뜻대로 가겠지만, 춘랑이 소저를 좇아 다른 사람을 섬기면 여자의 정절이 있다고 할 수 있는가?"

춘운이 말하였다.

"상공은 우리 소저를 알지 못합니다. 소저가 정한 일이 있습니다. 부모 슬하에 있다가 백 년이 지난 후에 터럭을 끊고 몸을 맑게 닦아 산문(山門)에 몸을 맡겨 일생을 지키고자 하시니, 첩이 홀로 어디로 가겠습니까? 상서께서 춘운을 보고자 하시거든 납채를 소저의 방으로 보내십시오. 그렇게 하지 아니하시면 죽어 후세에서나 다시 뵙겠습니다. 바라건대 상공은 오랫동안 편안히 계십시오."

하고, 문득 뜰에 내려 재배하고 안으로 들어갔다. 상서가 마음이 적막하여 길게 탄식만 하였다.

이날 상서가 상소하니 그 글은 다음과 같았다.

한림학사 겸 예부 상서 양소유는 머리를 조아려 절하며 황제 폐하께 아룁니다. 대개 인륜은 왕정의 근본이요, 혼인은 인륜의 대사여서 왕정을 잃으면 나라가 그릇되고 혼인을 삼가지 아니하면 가도가 망하니, 어찌 혼인을 삼가 왕정을 구하지 아니하겠습니까? 소신이 바야흐로 정가 여자와 혼인을 정하여 납채하였는데, 천만 뜻밖에 부마로 봉코자 하시어 황태후의 명으로 이미 받은 납채를 내어주라 하시니 이는 예로부터 듣지 못하던 바입니다. 원컨대 폐하는 왕정과 인륜을 살펴 정가와의 혼인을 하락하여 주십시오.

황제가 보시고 태후께 아뢰니, 태후가 크게 화를 내어,

"양 상서를 감옥에 가두라!"

하자, 조정 백관이 다 다투어 간(諫)하였지만 태후는 듣지 아니하였다.

이때 토번이 바야흐로 중국을 얕보아 3만 병을 거느리고 와 변경 지방에 있는 군현을 노략하여 선봉(先鋒)이 이미 위교(渭橋)에 왔다. 황제가 조정 대신을 불러 의논할 때, 다 아뢰어 말하였다.

"양 상서가 전일에도 군병을 죄 묻지 아니하고 삼진을 정벌하였으니 지금도 양 상서가 아니면 당할 사람이 없을까 합니다."

황제가 말하였다.

"옳다."

하고, 즉시 들어가 태후께 여쭈었다.

"조정에는 양소유가 아니면 도적을 당할 사람이 없다 하오니, 비록 죄가 있으나 국사를 먼저 생각하십시오."

태후가 허락하자, 즉시 사자를 보내어 양 상서를 불러들여 물어 말하였다.

"도적이 급하여 경이 아니면 제어치 못할 것이니 어찌하면 좋은가?"

상서가 대답하여 말하였다.

"신이 비록 재주가 없으나 수천 군사를 얻어 이 도적을 파하여 죽을 목숨을 구해 주신 은덕을 만분지일이나 갚을까 합니다."

황제가 크게 기뻐하여 즉시 양 상서를 대사마 대원수를 봉하고 3만 군을 주었다.

양 상서가 이날 황상께 하직하고 군병을 거느려 위교로 나가자, 선봉장이 달려들어 좌현왕을 사로잡으니 적의 기세가 크게 꺾여 다 도망하였다. 그 뒤를 쫓아가 세 번 싸워 세 번 이기고 머리 3만과 좋은 말 8천을 얻었다. 이 승첩을 보고하니 황제가 크게 기뻐하며 양 상서를 칭찬해 마지않았다.

양 상서가 또 군중에서 상소하였다.

"도적을 비록 파하였으나 저들의 땅에 들어가 멸하고 돌아오겠습니다."

황제가 상소를 보시고 장히 여겨 병부상서 대원수 벼슬을 내리고 통천어대(通天御帶), 참마검(斬馬劍), 백모황월(白毛黃鉞)을 내려 주었다. 그리고 삭방, 하동, 산남, 농서 지방의 병마를 다 조발(調發)하여 양 상서를 도우라 하였다.

양 상서가 택일하여 길을 떠날 때, 붉은 빛의 갓끈이 엄숙하고 위의가 씩씩하였다. 수일 사이에 오십여 성을 항복받고 적절산 아래에 군사를 머물게 하였는데, 갑자기 찬바람이 일어나며 까치가 진 안에 들어와 울고 가기에 상서가 말 위에서 점을 치니 흉한 것이 먼저 나타나고 뒤이어 좋은 일이 발생할 괘였다. 상서가 촛불을 밝히고 병서를 보는데 삼경쯤 되어 촛불이 꺼지며 냉기가 사람을 놀라게 하였다. 문득 한 여자가 공중에서 내려와 상서의 앞에 서거늘, 보니 손에 팔 척의 비수를 들고 있는데 얼굴이 눈빛 같았다. 상서가 자객인 줄 알고 안색을 바꾸지 않은 채 물어 말하였다.

"여자는 어떤 사람이기에 밤에 군중에 들어왔느냐?"

대답하여 말하였다.

"저는 토번국 찬보의 명으로 상서의 머리를 베러 왔습니다."

양 상서가 웃으며 말하였다.

"대장부가 어찌 죽기를 두려워하겠는가."

안색이 편안하자, 그 여자가 칼을 땅에 던지고 머리를 들어 말하였다.

"상서는 염려치 마십시오."

양 상서가 붙들어 일으키고 물어 말하였다.

"그대가 나를 해치지 아니함은 어찌된 일인가?"

여자가 대답하여 말하였다.

"첩은 본디 양주 사람입니다. 부모를 일찍 여의고 한 도사를 따라 검술을 배웠는데, 첩의 성명은 심요연입니다. 진해월이와 김채홍이와 함께 배운 지 삼 년 만에 바람을 타고 번개를 좇아 천 리를 가게 되었습니다. 선생이 혹 원수를 갚거나 사나운 사람을 죽이고자 하면 항상 해월과 채홍을 보내고 첩은 보내지 아니하여 첩이 이상히 여겨 물으니 선생이 말하였습니다. '어찌 네 재주가 부족하겠는가. 너는 인간 세상의 귀한 사람이다. 대당국 양 상서의 배필이 될 것이니 어찌 사람을 살해하겠는가?' 첩이 말하였습니다. '그러면 검술을 배워 무엇하겠습니까?' 선생이 말하였습니다. '양 상서를 백만 군중에서 만나 연분을 맺을 것이다. 또 토번이 천하 자객을 모아들여 양 상서를 죽이려 하니 네 어서 나가 자객을 물리쳐 양 상서를 구완하라.' 하거늘, 첩이 토번국에 와 모든 자객을 물리치고 왔으니 어찌 상공을 해하겠습니까?"

상서가 이 말을 듣고 크게 기뻐하여 말하였다.

"낭자가 죽어 가는 목숨을 살려 주고 또 몸을 허락하니 이 은 혜를 어찌 갚겠는가. 낭자와 함께 백년해로하겠다."

이날 밤, 상서가 군영 장막 안에서 창검 빛으로 화촉을 대신 하고 야경하는 징소리를 금슬 소리로 삼아 요연과 동침하니, 복 파영중(伏波營中)에 월색이 뜰에 가득하고 옥문관 밖에 춘광이 향기로웠다. 기분 좋은 흥취를 어이 헤아리겠는가.

요연이 문득 하직하며 말하였다.

"군중은 여자가 있을 곳이 아니니 돌아가겠습니다."

상서가 말하였다.

"낭자는 세상 사람이 아니다. 기특한 꾀를 가르쳐 도적을 파 케 할 것이거늘, 어찌 나를 버리고 급히 가느냐?"

요연이 말하였다.

"상공의 용맹으로 패한 도적을 치는 것은 손에 침 뱉기같이 쉬우니 무엇이 염려되십니까? 첩이 돌아가 선생을 모시고 있다 가 상서께서 회군(回軍)하신 후에 가 모시겠습니다."

상서가 말하였다.

"그리하는 것이 좋기는 하겠으나 그대가 간 후에 다른 자객 이 오면 어찌하리?"

"자객이 비록 많기는 하나 적수는 없으니 제가 상공께 귀순 한 것을 알면 다른 사람은 감히 오지 못할 것입니다."

그리고 허리에서 묘아완이란 구슬을 꺼내어 상서에게 주며 말하였다.

"이것은 찬보의 상투에 매였던 구슬이니 사자를 시켜 찬보에게 보내어 제가 다시 돌아가지 않을 것임을 알게 하소서."

"이밖에 또 무슨 일러 줄 말이 있는가?"

요연이 말하였다.

"반사곡(盤蛇谷)에 가서 물이 없거든 샘을 파 군사를 먹이고 돌아가십시오."

또 무슨 말을 묻고자 했는데, 요연이 공중으로 오르더니 온데 간데없었다.

양 상서가 여러 장수를 불러 요연의 말을 전하자 모두 축하하였다.

"장군께서 몹시 신통하시기에 천신이 와 도우신 것입니다."

양 상서가 군사를 거느리고 돌아올 때, 한 곳에 이르니 길이 좁아 군대가 지나가기 어려웠다. 겨우 수백 리를 기어 나와, 한 들을 만나 군대를 머물게 하니 군사가 다 목이 말라 급하였다. 마침 못의 물을 보고 먹으니 일시에 몸이 푸르게 되고 말을 통치 못하여 죽어 갔다. 양 상서가 크게 놀라서 문득 심요연이 전해 준 '반사곡'이라는 말을 생각하고, 즉시 샘을 팠지만 물이 나오지 않으니, 양 상서가 염려하여 진을 옮기고자 하는데, 갑자기 북소리가 천지를 진동하며 산천이 다 응하니, 이는 적병이 험한 길을 막아 습격고자 한 것이었다.

여러 장수와 군사가 배고픔과 목마름이 심하여 적병을 당할 뜻이 없었다. 양 상서가 크게 민망해하며 옥장에 앉아 묘책을 생각하다가, 갑자기 잠이 들어 한 꿈을 꾸니 푸른 옷을 입은 여동이 앞에 와 섰는데, 그 얼굴을 보니 단정한 모습이 범인이 아니었다.

여동이 양 상서께 고하여 말하였다.

"우리 낭자가 한 말씀을 상서께 아뢰고자 하오니, 원컨대 상서는 잠깐 행차하십시오."

양 상서가 말하였다.

"너의 낭자는 어떤 사람이냐?"

여동이 대답하여 말하였다.

"우리 낭자는 동정 용왕의 작은 딸이신데, 잠깐 화를 피하여 여기에 와 있습니다."

양 상서가 말하였다.

"용녀(龍女)는 수부(水府)에 있고, 나는 세상 사람인데 어찌 가겠는가?"

여동이 말하였다.

"말을 진문 밖에 매어 두었으니 그 말을 타시면 자연 가실 수

120

있을 것입니다."

양 상서가 여동을 따라 한참 들어가니 궁궐이며 위의가 찬란
하였다. 여동 여러 사람이 나와 상서를 맞아 백옥으로 꾸민 의
자에 앉혔다. 상서가 사양치 못하여 앉았더니 시녀 수십 명이
한 낭자를 모시고 중앙 대청 앞으로 나왔다. 신선 같은 아름다
움과 빛나는 차림새가 세상에는 없는 것이었다.

시녀가 양 상서께 고하였다.

"우리 낭자가 상서께 예로써 알현코자 합니다."

양 상서가 놀라 피하고자 하나 좌우 시녀가 붙잡으니 어쩔 수
없었다. 용녀가 예를 갖추어 절을 한 후에 양 상서가 시녀에게
명하여,

"대청으로 모셔라."

하나, 용녀가 사양하고 자리에 무릎을 꿇고 앉자 양 상서가 말
하였다.

"양소유는 인간 천하 사람이요, 낭자는 용궁 선녀인데 어이
이토록 과히 하십니까?

용녀가 일어나 재배하고 말하였다.

"첩은 동정 용왕의 작은딸 능파입니다. 부왕이 옥황상제께 조
회(朝會)할 때, 장진인을 만나 첩의 팔자를 물어보니 진인이 말
하였습니다. '이 아기는 천상 선녀입니다. 죄를 짓고 용왕의 딸

이 되었으나 인간 양 상서의 첩이 돼 영화를 얻어 백년해로하다가 다시 불가에 돌아가 극락세계에서 천만 년을 지낼 것입니다.' 부왕이 이 말을 듣고 첩을 각별히 사랑하셨는데, 천만 뜻밖에 남해 용왕의 태자가 첩의 자색을 듣고 구혼하니 우리 동정은 남해 소속이라 부왕이 거역하지 못하여 몸소 가 장진인의 말로 변명하셨지만, 남해 왕이 요망타 하고 구혼을 더욱 급히 하였습니다. 그래 첩이 생각다 못해 피하여 이 물에 와 살고 있는데, 이 물의 이름은 백룡담입니다. 물빛과 맛을 변하게 하여 사람과 물상을 통치 못하게 하였습니다. 그러나 지금 양 상서를 청하여 이 더러운 땅에 오시게 하여 신세를 부탁하니, 양 상서의 근심은 첩의 근심이라 어찌 구완치 아니하겠습니까? 그 물 맛을 다시 달게 할 것이니 군사가 먹으면 자연 병이 나을 것입니다."

양 상서가 말하였다.

"낭자의 말을 들으니 하늘이 정한 연분입니다. 낭자와 동침함이 어떠합니까?"

용녀가 말하였다.

"첩의 몸을 이미 상서께 허락하였으나 부모께 고하지 아니하였으니 불가하고, 또 남해 태자가 수만 군을 거느리고 첩을 얻고자 하니 그 우환이 상서께 미칠 것이요, 첩이 몸의 비늘을 벗지 못하였으니 귀인의 몸을 더럽힘이 불가합니다."

상서가 말하였다.

"낭자의 말씀이 아름다우나 낭자의 부왕이 나를 기다리니 고하지 아니하여도 부끄럽지 아니하고, 몸에 비늘이 있으나 신선의 연분을 정하였으면 관계치 아니하며, 내 백만 군병을 거느렸으니 남해의 태자를 어찌 두려워하겠소."

하고, 용녀를 이끌고 취침하니 그 즐거움은 꿈도 아니요, 인간보다 백 배나 더하였다.

날이 새지 않았는데 북소리가 급히 들리거늘, 용녀가 잠을 깨어 일어나 앉으니 궁녀가 들어와 급히 고하였다.

"지금 남해 태자가 무수한 군병을 거느리고 와 산 아래에 진을 치고 양 상서와 사생을 다투고자 합니다."

양 상서가 크게 웃으며 말하였다.

"미친 사람이 나를 어찌하겠는가."

하고, 일어나 보니 남해 군병이 백룡담을 여러 겹으로 에워싸고 함성 소리가 천지에 진동하였다.

남해 태자가 외치며 말하였다.

"네 어떤 것이기에 남의 혼사를 방해하느냐? 너와 사생을 결단하겠다."

하거늘, 상서가 크게 웃으며 말하였다.

"동정 용녀는 나와 부부의 인연이 있어 하늘과 귀신이 다 아는 일인데, 너 같은 버러지가 감히 천명(天命)을 거스르느냐?"
하고, 깃발로 지휘하여 백만 군병을 몰아 싸우자 천만 수족이
다 패하였다. 원참군 별주부와 잉어 제독을 한 칼에 베고 남해
태자를 사로잡아 죄를 묻고 놓아주었다.

이때 용녀가 음식을 장만하여 군대를 축하하고 천 석 술과 천
필 소로 군사를 먹이며 양 원수가 용녀와 함께 앉았는데, 한참
후에 동남쪽에서 붉은 옷을 입은 사자가 공중에서 내려와 양 상
서께 고하여 말하였다.

"동정 용왕이 상서의 공덕을 치하코자 하였지만, 맡은 일을
떠나지 못하여 지금 응벽전에서 잔치를 베풀고 상서를 청하십
니다."

양 상서가 용녀와 수레 위에 오르니 바람이 수레를 몰아 공중
으로 날아가더니, 한참 후에 동정호 용궁에 이르자 용왕이 멀리
나와 맞아 들어가 장인과 사위의 예를 베풀고 잔치할 때, 용왕
이 잔을 잡고 양 상서께 사례하며 말하였다.

"과인이 덕이 없어 딸로 인해 남에게 곤란한 일이 많았는데,
양 원수의 위엄과 덕망으로 근심을 없애니 어찌 즐겁지 아니하
겠소."

양 상서가 대답하여 말하였다.

"다 대왕의 신령하심인데 무슨 사례를 하십니까?"

양 상서가 술에 취하매 하직하여 말하였다.

"궁중에 일이 많으니 오래 머물지 못하겠습니다. 바라건대 낭자와 훗날 기약을 잊지 마십시오."

하고, 용왕과 함께 궁문 밖에 나오니, 문득 한 산이 있으되 다섯 봉우리가 높이 구름 속에 둘렀는데 붉은 안개가 사변에 둘러 있고 층암절벽이 하늘에 연하였거늘, 상서가 물어 말하였다.

"저 산은 무슨 산입니까?"

용왕이 말하였다.

"저 산의 이름은 남악산이라 하거니와 산천이 아름답고 경개가 거룩합니다."

양 상서가 말하였다.

"어찌해야 저 산에 올라 구경할 수 있겠습니까?"

용왕이 말하였다.

"날이 저물지 아니하였으니 올라 구경하여도 늦지 않을 것입니다."

양 상서가 즉시 수레를 타니 벌서 연황봉에 이르렀다. 죽장을 짚고 천봉만학(千峰萬壑)을 차례로 구경하여 말하였다.

"슬프다. 이런 아름다운 경치를 버리고 전쟁의 북새통에 골몰하니 언제야 공을 이루고 물러가 이런 산천을 찾을까?"

하더니, 갑자기 경쇠 소리가 들렸다. 상서가 찾아 올라가니 절이 있는데 법당이 아주 맑고 깨끗하고 중이 다 신선 같았다. 한 노승이 있는데 눈썹이 길고 골격은 푸르고 정신이 맑으니 그 나이는 헤아리지 못하였다. 문득 양 상서를 보고 모든 제자를 거느리고 당에 내려와 예를 표하고 말하였다.

"깊은 산중에 있는 중이 귀먹어 대원수의 행차를 알지 못하여 산문 밖에 나가 대령치 못하였으니, 청컨대 상공은 허물하지 마십시오. 또 이번은 대원수가 아주 오신 길이 아니오니 어서 법당에 올라 예불하고 가십시오."

양 상서가 즉시 불전에 가 향을 피우고 두 번 절하고 계단에 내려올 때 발을 헛디뎌 잠을 깨니 몸이 옥장(玉帳) 속에 앉아 있었다. 점점 날이 밝자, 양 상서가 여러 장수를 불러 말하였다.

"공들도 꿈을 꾸었는가?"

여러 장수가 말하였다.

"소인들도 다 꿈을 꾸었습니다. 장군을 모시고 신병귀졸(神兵鬼卒)과 크게 싸워 장수를 사로잡아 뵈오니 이는 길조인가 합니다."

양 상서도 꿈의 일을 역력히 말하고 여러 장수를 모시고 물가에 가 보니 부서진 비늘이 땅에 깔리고 피가 흘러 물이 붉었다. 양 상서가 그 물을 맛보니 과연 달거늘, 군사와 말을 먹이니 병에 즉시 효험이 있었다. 적병이 이 말을 듣고 크게 놀라 즉시 항

복하였다. 양 상서가 명령하여 승전한 첩서(捷書)를 올리자 황
제가 크게 기뻐하였다.

하루는 천자가 황태후께 아뢰어 말하였다.

"양 상서의 공은 만고의 으뜸이니 환군(還軍)한 후에 즉시 승
상을 봉하겠지만, 난양의 혼사를 양 상서가 마음을 바꾸어 허락
하면 좋거니와 만일 고집하면 공신(功臣)을 죄 주지 못할 것이
요, 혼인을 우격다짐 못할 것이니 어찌하면 좋겠습니까? 매우
민망합니다."

태후가 말하였다.

"양 상서가 돌아오지 않았으니 정 사도의 딸에게 다른 혼인을
급히 하게 하면 어떠한가?"

이에 황제가 대답지 아니하고 나가니, 난양 공주가 이 말씀을
듣고 태후께 고하여 말하였다.

"낭랑은 어찌 이런 말씀을 하십니까? 정가의 혼사는 제 집 일
인데 어찌 조정에서 권하겠습니까?"

태후가 말하였다.

"내가 벌써 너와 의논코자 하였다. 양 상서는 풍채와 문장이
세상에 으뜸일 뿐 아니라, 통소 한 곡조로 네 연분을 정하였으
니 어찌 이 사람을 버리고 다른 데서 구하겠느냐. 양 상서가 돌
아오면 먼저 네 혼사를 지내고 정 사도 여자로 첩을 삼게 하면,

양 상서가 사양할 바가 없을 텐데 네 뜻을 알지 못하여 염려스럽구나."

공주가 대답하여 말하였다.

"소저가 일생 투기를 알지 못하니 어찌 정가 여자를 꺼리겠습니까? 다만 양 상서가 처음에 납폐하였다가 다시 첩을 삼으면 예가 아니요, 또 정 사도는 여러 대에 걸친 재상의 집입니다. 그 여자로 남의 첩이 되게 함이 어찌 원통치 아니하겠습니까?"

태후가 말하였다.

"네 뜻이 그러하면 어찌하면 좋겠느냐?"

공주가 말하였다.

"들으니 제후에게는 세 부인이 가하다 합니다. 양 상서가 성공하고 돌아오면 후왕을 봉할 것이니, 두 부인 취함이 어찌 마땅치 아니하겠습니까?"

태후가 말하였다.

"안 된다. 사람이 귀천이 없다면 관계치 아니하겠지마는 너는 선왕의 귀한 딸이요, 지금 임금의 사랑하는 누이다. 어찌 여염집 천한 사람과 함께 섬기겠느냐?"

공주가 말하였다.

"선비가 어질면 만승천자(萬乘天子)도 벗한다 하니 관계치 아니하며, 또 정가 여자는 자색과 덕행이 옛 사람이라도 미치기 어렵다 하오니 그러하면 소녀에게는 다행입니다. 아무튼 그 여자를 친히 보아 듣던 말과 같으면 몸을 굽혀 섞임이 가하고, 그렇지 아니하면 첩을 삼거나 마음대로 하십시오."

태후가 말하였다.

"여자의 투기는 예부터 있는데 너는 어찌 이토록 인후(仁厚)하냐? 내 명일에 정가 여자를 부르겠다."

공주가 말하였다.

"아무리 낭랑의 명이 있어도 아프다고 핑계하면 부질없고, 더구나 재상가의 여자를 어찌 불러들이겠습니까? 소녀가 직접 가 보겠습니다."

이때 정 소저가 부모를 위하여 태연한 체하지만 형용은 자연 초췌하였다.

하루는 한 여동이 비단 족자를 팔러 왔거늘, 춘운이 보니 꽃밭 속에 공작이 수 놓여 있었다. 춘운이 족자를 가지고 들어가 소저께 고하여 말하였다.

"이 족자는 어떠합니까?"

소저가 보고 놀라 말하였다.

"어떤 사람이 이런 재주가 있는가? 인간 사람이 아니다."

하고, 춘운을 명하여,

"이 족자는 어디서 났으며, 만든 사람이 어떤 사람이냐?"

여동이 말하였다.

"우리 소저의 재주인데, 우리 소저가 객중에 계셔 급히 쓸 곳이 있어 팔러 왔으니 값의 많고 적음을 보지 아니합니다."

춘운이 말하였다.

"너의 소저는 뉘 집 낭자이며, 무슨 일로 객중에 머무느냐?"

여동이 말하였다.

"우리 소저는 이통판의 누이입니다. 이통판이 절동 땅에 벼슬 갈 때, 부인과 소저를 모시고 가는데 소저가 병이 들어 가지 못하여 연지촌 사삼랑의 집에 처소를 정하여 계십니다."

정 소저가 그 족자를 많은 값을 주고 사 중당에 걸어 두고 춘운에게 말하였다.

"이 족자의 임자에게 시비를 보내어 얼굴이나 보고 싶구나."

하고, 즉시 시비를 보냈다.

시비가 돌아와 고하였다.

"억만 장안을 다 보았지만 우리 소저 같은 사람은 없었는데, 과연 이 소저는 우리 소저와 같았습니다."

춘운이 말하였다.

"그 족자를 보니 재주는 아름다우나 어찌 우리 소저 같은 사람이 있겠느냐? 네가 잘못 보았다."

하루는 사삼랑이 와서 부인과 정 소저께 고하였다.

"소인의 집에 이통판댁 낭자가 거처하고 있는데, 소저의 재덕을 듣고 한 번 뵙고자 청합니다."

부인이 말하였다.

"내 그 낭자를 보고자 하였지만 청하기 미안하여 못 하였는데, 그대 말을 들으니 어찌 기쁘지 아니하겠는가?"

다음 날 이 소저가 흰 옥으로 꾸민 가마를 타고 시비를 데리고 왔다. 정 소저가 나와 맞아 침실에 들어가 서로 대하여 앉으니, 월궁(月宮)의 선녀가 요지연에 참예한 듯 그 광채가 비할 데 없었다.

정 소저가 말하였다.

"마침 시비에게 들으니 그대가 가까이 와 계시다 하나, 나는 팔자가 기박하여 인사를 사절하였기 때문에 가 뵈옵지 못하였는데, 그대가 이런 더러운 곳에 오시니 매우 감사합니다."

이 소저가 말하였다.

"나는 본디 초야에 묻힌 사람입니다. 부친을 일찍 여의고 모친을 의지하여 배운 일이 없어 마침 소저의 아름다운 행실을 듣고 한 번 모시어 가르치시는 말씀을 듣고자 했는데, 더러운 몸을 버리지 아니하시니 평생소원을 푼 듯합니다. 또 들으니 댁에 춘운이 있다 하오니 볼 수 있겠습니까?"

정 소저가 즉시 시비를 명하여 춘운을 부르니, 춘운이 들어와 예로써 알현하자 이 소저가 일어나 맞아들였다.

이 소저가 춘운을 보고 감탄하여 말하였다.

"듣던 말과 같구나. 정 소저가 저러하고 춘운이 또 이러하니 양 상서가 어찌 부마가 되려 하겠는가?"

이 소저가 일어나 부인과 소저께 하직하며 말하였다.

"날이 저물었으니 물러가지만, 거처한 곳이 멀지 아니하니 다시 뵐 날이 있겠습니까?"

정 소저가 계단 아래로 내려와 사례하여 말하였다.

"나는 얼굴을 들어 출입하지 못하기에 은혜에 보답하지 못하오니 허물치 마십시오."

하고, 서로 이별하였다.

정 소저가 춘운에게 말하였다.

"보검은 땅에 묻혔어도 기운이 두우간에 쏘이고, 큰 조개는 물속에 있어도 빛이 수루(戍樓)를 비추니, 이 소저가 같은 땅에 있으면서도 우리가 일찍이 듣지 못하였으니 괴이하다."

춘운이 말하였다.

"첩은 의심컨대 화음 진 어사의 딸이 상서와 〈양류사〉를 화답하여 혼인을 언약하였다가 그 집이 환란을 만난 후에 진 씨가 아무 데도 간 줄을 모른다 하는데, 반드시 성명을 바꾸고 소저를 쫓아 연분을 잇고자 함인가 합니다."

정 소저가 말하였다.

"나도 진 씨 말을 들었지만 그 집이 환란을 만난 후에 진 씨는 궁비정속(宮婢定屬)하였다 하니 어찌 오겠는가? 나는 의심컨대 난양 공주가 덕행과 재색이 만고에 으뜸이라 하니 그러한가 한다."

다음 날 또 시비를 보내어 이 소저를 청하여 춘운이 함께 앉아 종일토록 문장을 의논하였다.

하루는 이 소저가 와서 부인과 정 소저께 하직하며 말하였다.

"내 병이 잠깐 나아 내일은 절동(浙東)을 가려 하니 하직합니다."

정 소저가 말하였다.

"더러운 몸을 버리지 아니하시고 자주 부르시니 즐거운 마음을 이기지 못하였는데, 버리고 돌아가시니 떠나는 정회를 어이 헤아리겠습니까."

이 소저가 말하였다.

"한 말씀을 정 소저께 아뢰고자 하나 좇지 아니하실까 염려됩니다."

정 소저가 말하였다.

"무슨 말씀이십니까?"

이 소저가 말하였다.

"늙은 어미를 위하여 남해 관음보살의 얼굴과 모습을 그린 그림을 수놓았는데 문장 명필을 얻어 제목을 쓰고자 합니다. 원컨대 소저는 찬문(贊文)을 지어 제목을 써 주시면 한편으로는 위친(爲親)하는 마음을 위로하고, 한편으로는 우리 서로 잊지 못할 정표나 해 주십시오. 소저가 허락하지 아니하실까 염려하여 족자를 가져오지 않았으나, 거처하는 곳이 멀지 아니하니 잠깐 생각해 주십시오."

정 소저가 말하였다.

"비록 문필은 없으나 위친하시는 일을 어이 좇지 아니하겠습니까? 날이 저물기를 기다려 가셨으면 합니다."

이 소저가 크게 기뻐하여 일어나 절하고 말하였다.

"날이 저물면 글쓰기가 어려울 것이니, 내가 타고 온 가마가 비록 더러우나 함께 가셨으면 합니다."

정 소저가 허락하니 이 소저가 일어나 부인께 하직하고 춘운의 손을 잡고 이별한 후에 정 소저와 함께 흰 옥으로 꾸민 가마를 타고 갈 때, 정 소저의 시녀 여러 사람이 따라갔다.

정 소저가 이 소저의 침실에 들어가니 보패와 음식이 다 보통과 달리 이상하였다. 이 소저가 족자도 내놓지 아니하고 문필도 청하지 아니하자, 정 소저가 민망하여 말하였다.

"날이 저물어 가는데 관음화상은 어디에 있습니까? 절하여 뵙고자 합니다."

이 말을 미처 마치지 못하여 군마 소리가 진동하며 기치창검 (旗幟槍劍)이 사면을 에워쌌다. 정 소저가 크게 놀라 피하려 하자, 이 소저가 말하였다.

"소저는 놀라지 마십시오. 나는 난양 공주로 이름은 소화입니다. 태후 낭랑의 명으로 소저를 모셔 가려 합니다."

정 소저가 이 말을 듣고 땅에 내려 재배하여 말하였다.

"여염집 천한 사람이 지식이 없어 귀한 공주를 알아 뵙지 못하고 예의 없이 하였으니 죽어도 아깝지 아니합니다."

난양 공주가 말하였다.

"그런 말씀은 차차 하겠지만 태후 낭랑께서 지금 난간에 의지해 기다리시니, 원컨대 소저는 함께 가십시다."

정 소저가 말하였다.

"귀한 공주께서 먼저 들어가시면 첩이 돌아가 부모께 고하고 이후에 따라 들어가겠습니다."

공주가 말하였다.

"태후가 소저를 보시고자 하여 어명을 내리신 것이니 사양치 마십시오."

정 소저가 말하였다.

"첩은 본디 천한 사람입니다. 어찌 귀한 공주와 가마를 함께 타겠습니까?"

공주가 말하였다.

"여상은 어부였지만 문왕이 한 수레에 탔고, 후영은 문지기였지만 신능군의 고삐를 잡았습니다. 더구나 소저는 재상가 처녀인데 어찌 사양하겠습니까?"

하고, 손을 이끌어 가마를 타고 갔다.

난양 공주가 소저를 궐문 밖에 세우고 궁녀에게 명하여 호위케 한 후, 공주가 들어가 태후께 입조(入朝)하고 정 소저의 자색과 덕행을 아뢰었다.

태후가 감탄하여 말하였다.

"그러하다면 양 상서가 부마를 어찌 사양치 아니하겠는가?"

하고, 궁녀에게 명하여 말하였다.

"정 소저는 대신의 딸이요, 양 상서의 납채를 받았으니 일품조복(一品朝服)을 입고 입조하라."

궁녀가 의복함을 가져와 정 소저께 고하자, 소저가 말하였다.

"첩은 천녀(賤女)의 몸이니 어찌 조복(朝服)하겠습니까."

태후가 듣고 더욱 기특히 여겨 불러 들어가니 궁중 사람이 다 감탄하여 말하였다.

"천하일색이 우리 공주님뿐인가 하였는데 또 정 소저가 있는 줄을 어이 알았겠는가?"

정 소저가 예를 마치자 태후가 명하여 자리를 주고 말하였다.

"양 상서는 일대 호걸이요, 만고 영웅이다. 부마를 정하려고 하였는데 너의 집이 납채를 먼저 받았다기에 억지로 빼앗지 못하여 난양의 지휘로 너를 데려왔거니와, 내 일찍이 두 딸이 있다가 한 딸이 죽은 후에 난양만 두고 외롭게 여겼는데, 네 자색과 덕행이 족히 난양과 형제 될 만하구나. 너를 양녀로 정하여 난양이 너를 잊지 못하는 정을 표하고자 한다."

정 소저가 말하였다.

"첩이 여염집 천인으로 어찌 난양 공주님과 형제가 되겠습니까? 복을 잃을까 두렵습니다."

태후가 말하였다.

"내가 이미 정하였으니 무슨 사양을 하느냐? 또 네 글재주가 용타하니 글 한 구를 지어 나를 위로하라. 옛날 조자건은 〈칠보시(七步詩)〉를 지었으니 너도 그렇게 할 수 있겠느냐? 재주를 보고자 한다."

정 소저가 대답하여 말하였다.

"소저가 글은 잘 못하지만 낭랑의 명을 어찌 거스르겠습니까?"

난양이 말하였다.

"정 씨를 혼자 시키기 미안하니 소녀가 함께 짓겠습니다."

태후가 크게 기뻐하여 필묵을 갖추고 궁녀를 명해 앞에 세우고 글의 제목을 낼 때, 이때는 춘삼월이다. 벽도화(碧桃花)가 많이 핀 속에 까치가 짖자, 그것으로 글제를 내니 각각 붓을 잡고 써 드렸는데, 궁녀가 겨우 다섯 걸음을 옮겼을 뿐이었다.

태후가 다 보시고 칭찬하여 말하였다.

"내 두 딸은 이태백과 조자건이라도 미치지 못할 것이다."

이때 황제가 태후께 입조하자, 태후가 말하였다.

"내 난양의 혼사를 위하여 정 소저를 데려다가 내 양녀를 삼아 함께 양 상서를 섬기고자 하니 어떠하오?"

황제가 말하였다.

"낭랑의 훌륭한 덕은 고금에 없습니다."

태후가 정 소저를 불러,

"황상께 입조하라."

하자, 정 소저가 즉시 들어와 뵈니 상이 여중서(女中書) 진 씨 채봉을 명하여 비단과 필묵을 가져오라 하여, 친필로 '정 씨를 영양 공주로 봉한다.' 하고 차례를 형으로 하니, 영양 공주가 땅에 엎드려 말하였다.

"첩은 본디 미천한 사람인데 어찌 난양의 형이 되겠습니까?"

난양이 말하였다.

"영양은 재덕이 내 위이니 어찌 사양하십니까?"

황제가 태후께 여쭈었다.

"두 누이의 혼사를 이미 결단하셨으니, 여중서 진채봉을 생각하십시오. 진채봉은 본디 조관의 자식입니다. 그의 집이 비록 망하였으나 그 재주와 심덕이 기특하고 또 양 상서와 언약이 있었다 하니, 공주 혼사에 잉첩을 삼았으면 합니다."

태후가 즉시 채봉을 불러 말하였다.

"너를 양 상서의 첩으로 정하니 두 공주의 희작시(喜鵲詩)를 차운(次韻)하라."

채봉이 즉시 글을 지어 올리니,

까치가 울며 궁궐을 둘러싸니
어여쁜 복숭아꽃 위에 봄바람이 일도다.
편안히 깃들여 남으로 날아가지 않으리라.
셋 다섯 별이 드문드문 동녘에 있도다.

뜻과 필법이 신묘하여 태후와 황제가 칭찬해 마지않았다.

하루는 영양 공주가 태후께 아뢰어 말하였다.

"소녀가 들어올 때에 부모가 놀라 염려하였으니 돌아가 부모를 보고 이런 훌륭한 덕을 자랑하고자 합니다."

태후가 말하였다.

"아직 사사로이 출입을 할 수 없다. 내 의논할 말도 있으니 최 부인을 청하겠다."

하고, 즉시 조서(調書)하였다.

최 씨가 들어가 태후께 입조하자, 태후가 말하였다.

"내 부인의 딸을 데려와 양녀를 삼았으니 부인은 염려 마시 오."

최 씨가 사례하여 말하였다.

"첩이 아들이 없고 딸 하나만 있어 금옥같이 사랑하였는데, 낭랑의 훌륭한 덕이 이렇듯 하니 시든 나무에 꽃이 핀 것과 같 습니다. 이 은덕을 죽어도 갚을 길이 없습니다."

영양과 난양이 부인을 보고 서로 반겨함은 헤아리지 못할 바 였다.

태후가 말하였다.

"부인의 집에 가춘운이 있다 하더니 왔소이까?"

부인이 춘운을 불러 즉시 입조케 하자, 태후가 말하였다.

"진실로 절대가인(絶代佳人)이구나."

하고, 두 공주와 채봉이 지은 글을 말한 후,

"차운하라."

하자, 춘운이 사양치 못하여 즉시 지어 드리니, 태후가 보고 길 게 탄복하였다.

춘운이 물러가, 두 공주를 뵙고 앉으니 공주가 채봉을 가리켜 말하였다.

"이는 화음(華陰) 진가(秦家) 여자다. 그대와 백 년을 함께할 사람이다."

춘운이 말하였다.

"〈양류사〉를 지은 진 씨십니까?"

진 씨가 눈물을 흘리며 말하였다.

"〈양류사〉를 어찌 아십니까?"

춘운이 말하였다.

"상서가 매일 〈양류사〉를 읊으며 낭자를 생각하시기에 들었습니다."

진 씨가 말하였다.

"상서가 옛일을 잊지 아니하시는구나."

하고, 더욱 슬퍼하였다.

태후가 최 부인에게 말하였다.

"양 상서를 속일 묘책이 있으니, 부인도 나가서 소저가 죽었다고 하시오."

두 공주가 부인을 문밖에 전송하고 춘운에게 말하였다.

"네가 죽었다 하고 상서를 속여라."

춘운이 말하였다.

"전에 속인 일도 죄가 큰데, 다시 속이고 무슨 면목으로 상서를 섬기겠습니까?"

공주가 말하였다.

"태후께서 명하신 일이니 마지는 못할 것이다."

춘운이 듣고 갔다.

각설이라.

양 상서가 돌아온다는 소문이 경성에 들어오자, 황제가 친히 위교에 나와 상서의 손을 잡고 말하였다.

"만 리 밖에 가 역적들을 깨끗이 쓸어 버린 공을 어찌 갚겠는가?"

하시고, 바로 그날 대승상(大丞相) 위국공(魏國公)을 봉하고, 식읍(食邑) 삼만 호와 황금 일만 근, 백금 십만 근, 촉나라 비단 십만 필, 준마 일천 필을 내려 주고, 이 밖에 상으로 준 여러 진기한 보배는 이루 다 기록할 수 없다.

양 상서가 은혜에 감사하여 깊이 절하자, 황제는 큰 잔치를 열어 군신이 함께 즐기고 상서의 화상(畫像)을 기린각(麒麟閣)에 그려 놓게 하였다.

승상이 사은숙배(謝恩肅拜)하고 물러 나와 정 사도 집에 가자, 정 사도 일가가 다 외당에 모여 승상을 위로할 때 양 승상이 사도 부처의 안부를 물으니 정십삼이 말하였다.

"누이의 상사(喪事)를 만난 후에 항상 눈물로 지내시기에 나와서 승상을 맞이하지 못하니, 승상은 들어가 뵙되 아프게 하는 말씀은 하지 마십시오."

승상이 이 말을 듣고 질색하여 말을 못 하다가 한참 후에 말하였다.

"소저가 죽었단 말이오?"

하고, 눈물을 흘리거늘 정생이 말하였다.

"승상과 혼인을 정하였다가 불행하여 이렇게 되니, 어찌 우리 집 가문의 운수가 쇠한 것이 아니겠습니까? 승상은 슬퍼 마십시오."

승상이 눈물을 씻고 정생을 데리고 들어가 사도 부처께 뵈니 사도 부처가 별로 서러워하는 빛이 없었다.

승상이 말하였다.

"저는 나라의 명으로 만리타국에 가 성공하고 돌아와 전생연분을 맺을까 하였는데, 하늘이 그르게 여기시어 소저가 인간 세상을 이별하였다 하오니 소자의 불행입니다."

사도가 말하였다.

"사람의 생사는 하늘에 달려 있으니 어찌하겠나? 오늘은 승상의 즐길 날이니 어찌 슬퍼하는가?"

정생이 승상에게 눈짓을 해 일어나 화원에 들어가니, 춘운이 반겨 내달아 뵈자, 승상이 춘운을 보고 소저를 생각하여 눈물을 금치 못하였다.

춘운이 위로하여 말하였다.

"승상께서는 과히 슬퍼 마시고 첩의 말을 들으십시오. 소저는 본디 천상에서 귀양 왔는데 하늘에 올라갈 때, 첩에게 이르되 '양 상서가 납채를 도로 내어 주었으니 부당한 사람이다. 혹 내 무덤이나 내 제사를 지내는 대청에 들어와 조문하면 나를 욕하는 일이니, 아무리 죽은 혼령인들 어찌 노하지 아니하겠는가?' 하였습니다."

승상이 말하였다.

"또 무슨 말을 하던가?"

춘운이 말하였다.

"또 한 말이 있지만 차마 내 입으로 말하지는 못하겠습니다."

승상이 말하였다.

"무슨 말이었느냐?"

춘운이 말하였다.

"상서께서 춘운을 사랑하시라고 전하였습니다."

승상이 말하였다.

"소저가 이르지 아니한들 어찌 너를 버리겠는가."

하루는 황제가 승상을 이끌어 보시고 말하였다.

"승상이 부마를 사양하였지만 이제 정 소저가 이미 죽었으니 또 무슨 말로 사양하겠는가?"

승상이 재배하고 말하였다.

"정녀가 죽었으니 어찌 항거하겠습니까만, 소신의 문벌이 미천하고 재덕이 천하고 비루하오니 당치 못할까 합니다."

황제가 크게 기뻐하여 태사(太史)를 불러 좋은 날을 가리니 구월 보름이었다.

황제가 승상에게 말하였다.

"경의 혼사를 확실히 결정치 못하였기에 미처 이르지 못하였는데, 짐에게 과연 두 누이가 있으니 하나는 영양 공주요, 하나는 난양 공주이다. 영양 공주는 정부인을 정하고, 난양 공주는 둘째 부인을 정하여 한 날에 혼사를 행할 것이다."

구월 보름을 당하여 혼례를 궐문 밖에서 행할 때, 승상이 비단으로 만든 도포와 옥으로 된 띠를 하고 두 공주와 예를 이루니 그 위엄 있는 거동은 다 헤아리지 못할 바였다.

이날 밤은 영양 공주와 동침하고, 다음 날은 난양 공주와 동침하고, 또 다음 날에는 진 씨 방으로 갔는데, 진 씨가 승상을 보고 슬픔을 이기지 못하여 눈물을 흘리자 승상이 말하였다.

"오늘은 즐거운 날인데 낭자는 무슨 일로 눈물을 흘리는가?"

진 씨가 말하였다.

"승상이 첩을 알아보지 못하시니 반드시 잊으신 것 같습니다. 그래서 자연 슬퍼하는 것입니다."

승상이 자세히 보고 나아가 옥수를 잡고 말하였다.

"낭자가 화음 진 씨인 줄을 알겠군. 낭자가 벌써 죽은 줄 알았는데, 오늘 궁중에서 볼 줄 어찌 알았겠는가? 낭자의 집이 참화를 본 일은 차마 말하지 못하겠군. 객점에서 난리를 만나 이별한 후에 어느 날인들 생각지 아니하였겠는가."

하며, 〈양류사〉를 서로 대하여 읊으니, 한편으로는 반갑고 한편으로는 슬펐다.

승상이 말하였다.

"내 처음에 배필을 기약하였다가 오늘날 첩을 삼으니 어찌 부끄럽지 아니하겠는가."

진 씨가 대답하여 말하였다.

"처음에 유모를 보낼 때 첩되기를 원하였으니 무슨 원통함이 있겠습니까?"

하고, 서로 즐기는 정이 두 날 밤보다 백 배나 더하였다.

그다음 날 두 공주가 승상께 술을 권하다가 영양 공주가 시비를 불러 진 씨를 청하니 승상이 그 소리를 듣고 마음이 자연 감동하여 갑자기 생각하였다.

'내 일찍이 정 소저와 거문고 한 곡조를 의논할 때, 그 소리와 얼굴을 익히 듣고 보았는데 오늘 영양 공주를 보니 얼굴과 말소리가 매우 같구나. 나는 두 공주와 함께 즐겨하는데 슬프다, 정소저의 외로운 혼은 어디에 가 의탁하였을까?'

영양 공주를 거듭 보고 눈물을 머금고 말하지 아니하자, 영양 공주가 잔을 놓고 물어 말하였다.

"승상이 무슨 일로 마음을 슬퍼하십니까?"

승상이 말하였다.

"내 일찍이 정 사도 딸을 보았는데 공주의 얼굴과 소리가 매우 같아 자연 감동하여 그러합니다."

영양 공주가 말을 듣고 낯빛이 변하고 일어나 안으로 들어가자, 승상이 부끄러워하며 난양 공주께 고하였다

"영양은 내 말을 그릇되다 여깁니까?"

난양이 말하였다.

"영양 공주는 태후의 딸이요, 천자의 누이입니다. 뜻이 교만하고 건방져 한 번 그릇되게 여기면 마음을 좇지 아니합니다. 정가 여자가 비록 아름다우나 여염 처녀요, 또 백골이 다 진토되었는데 어찌 그런 데 비하십니까?"

승상이 즉시 진 씨를 불러 영양 공주께 사죄하여 말하였다.

"마침 술을 과히 먹고 망발을 하였으니, 원컨대 공주는 허물치 마십시오."

진 씨가 즉시 돌아와 승상께 고하였다.

"공주가 하시는 말씀이 있었지만 첩이 차마 아뢰지 못하겠습니다."

승상이 말하였다.

"공주의 말씀이 비록 과하나 진 씨의 죄가 아니니 전해 보라."

진 씨가 말하였다.

"공주가 막 화를 내시며 이르시되, '나는 황태후의 딸이요, 정녀는 여염집 천인입니다. 제 얼굴만 자랑하고 평생 보지 못하던 상공과 반나절을 함께 거문고를 의논하고 수작하니 행실이 아름답지 못하고, 또 혼인이 시기를 놓쳐 이루어지지 못하게 된 것에 심술이 나서 청춘에 죽었으니 복도 좋지 못한 사람입니다. 옛날 추호라는 사람이 뽕 따는 계집과 희롱할 때 그 아내가 듣고 말하기를, '내 아무리 어질지 못하나 나를 생각한다면 어찌 상중(桑中) 유녀(遊女)와 희롱하겠는가.' 하고 물에 빠져 죽었으니, 낸들 무슨 면목으로 상공을 대면하겠습니까. 나를 죽은 정 씨에게 비하고 행실 없는 사람으로 생각하니 내 그런 사람 섬기기를 원치 않습니다. 난양은 성질이 양순하고 인정이 많으니 승상을 모셔 백년해로하십시오.' 하였습니다."

승상이 이 말을 듣고 크게 화를 내어 말하였다.

"천하의 형세만 믿고 가장을 업신여기기는 영양 공주 같은 사람이 없다. 예로부터 부마 되기를 싫어한 것은 이렇기 때문이다."

하고, 난양 공주에게 말하였다.

"과연 정 소저를 만나 본 것에 곡절이 있습니다. 영양이 행실 없는 사람으로 책망하니 어찌 애닯지 아니하겠습니까?"

난양이 말하였다.

"첩이 청컨대 들어가 알아듣도록 잘 타이르겠습니다."

하고, 즉시 돌아가 날이 저물도록 나오지 아니하고 시비를 시켜 승상께 전갈하여 말하였다.

"백 번 알아듣도록 잘 타일렀지만 도무지 듣지 아니합니다. 첩은 영양과 사생고락(死生苦樂)을 함께하기로 했습니다. 영양이 깊은 방에서 혼자 늙기를 결단하니 첩도 상공을 모시지 못하겠습니다. 바라건대 진 씨와 함께 백년을 해로하십시오."

승상이 이 말을 듣고 분을 이기지 못하여 빈방에 촛불만 대하고 앉았는데, 진 씨가 금으로 만든 화로에 향을 피우고 승상께 고하여 말하였다.

"첩은 군자를 곁에서 모시지 못하기에 첩도 들어가니 승상은 평안히 쉬십시오."

하고, 나가자 승상이 더욱더 분하여서 잠을 이루지 못하고 생각하되,

'저희가 작당하고 가장을 이토록 조롱하니 세상에 이런 고약한 일이 어디에 있는가. 차라리 정 사도 집 화원에서 낮이면 정 십삼과 술이나 먹고, 밤이면 춘운과 희롱함만 같지 못하다. 부마된 삼 일 만에 이토록 곤핍하니 어찌 분하지 아니한가?'

하고, 사창(紗窓)을 여니, 이때 달빛은 뜰에 가득하고 은하수가 비껴 있었다. 잠깐 일어나 신을 신고 배회하는데, 문득 바라보니 영양 공주의 방에 등촉이 휘황하고 웃음소리가 자자하기에 승상이 생각하되,

"밤이 깊었는데 어떤 궁인이 이제까지 아니 자는가? 영양이 나에게 화가 나서 들어가더니 침실에 있는가?"

하여, 가만히 들어가 창밖에서 엿들으니 두 공주가 쌍륙(雙六) 치는 소리가 역력히 들렸다. 승상이 창틀로 보니 진 씨가 한 여자와 함께 두 공주 앞에서 쌍륙을 치는데, 자세히 보니 춘운이었다.

대개 춘운이 공주를 위하여 경치를 구경하고 궁중에 머물렀지만, 종적을 감추어 보이지 않은 까닭에 승상이 알지 못하였다. 승상이 춘운을 보자 마음에 이상히 여겨 '어찌 왔을까?' 하는데, 문득 진 씨가 쌍륙을 다시 벌이고 말하였다.

"춘랑과 내기코자 하오."

춘운이 말하였다.

"첩은 본디 가난하여 내기하면 술 한 잔뿐이거니와, 진숙인은 귀한 공주를 모셔 명주 비단을 흔한 삼베같이 여기고 팔진미를 변변치 못한 음식처럼 여기니 무엇을 내기코자 하십니까?"

진 씨가 말하였다.

"내가 지면 보패(寶貝)를 끌러 춘랑을 주고, 춘랑이 지면 내가 청하는 일을 하거라."

춘운이 말하였다.

"무슨 일을 청하십니까?"

진 씨가 말하였다.

"내 잠깐 말씀을 들으니 춘랑이 '신선도 되고 귀신도 된다.' 하니, 그 말을 자세히 듣고자 하오."

춘운이 쌍륙판을 밀치고 영양 공주를 향하여 말하였다.

"소저가 평소 저를 사랑하시면서 어찌 이런 말씀을 공주께 하십니까? 진숙인이 들었으니 궁중에 귀 있는 사람이 누가 아니 들었겠습니까?"

진 씨가 말하였다.

"춘랑이 어찌 우리 공주께 소저라 하는가? 공주는 대승상 위국공 부인이시오. 비록 나이는 어리나 작위가 이미 높으신데 어찌 춘랑자의 소저이겠는가?"

춘운이 웃으며 말하였다.

"십 년 넘게 부르던 입을 고치기 어렵습니다. 꽃을 다투어 희롱하던 일이 어제인 듯해서 그러했습니다."

하고, 서로 웃음소리가 낭랑하였다.

"춘랑의 말을 다 듣지 못하였지만 승상이 과연 춘랑에게 그토록 속았습니까?"

영양이 말하였다.

"승상이 겁내는 거동을 보고자 하였는데 승상이 사리에 어둡고 완고하여 귀신을 꺼릴 줄 알지 못하니, 예로부터 색을 좋아하는 사람을 좋아하는 사람을 색중아귀(色中餓鬼)라더니 과연 승상 같은 사람을 말하는 것입니다."

하고, 모두 크게 웃었다.

승상이 비로소 영양 공주가 정 소저인 줄을 알고 한편으로 반가워 문을 열고 급히 보고자 하다가, 갑자기 생각하되

'제가 나를 속이니 나도 또한 속이리라.'

하고 진 씨의 방으로 돌아와 누웠는데 하늘이 이미 새었다.

진 씨가 시녀에게 물어 말하였다.

"승상께서 일어나셨느냐?"

시녀가 말하였다.

"아직 일어나지 아니하셨습니다."

진 씨가 창밖에 서서 일어나기를 기다리는데, 승상이 신음하

는 소리가 때때로 들리거늘 진 씨가 들어가 물어 말하였다.

"승상께서 기체 평안치 않으십니까?"

승상이 대답하지 아니하고 눈을 높이 뜨며 헛소리를 무수히 하자, 진 씨가 물어 말하였다.

"승상은 무슨 헛소리를 이리 하십니까?"

승상이 두 손을 내두르며 말하였다.

"너는 어떤 사람이냐?"

진 씨가 말하였다.

"첩을 알지 못하십니까? 첩은 진숙인입니다."

승상이 말하였다.

"진숙인이 어떤 사람이냐?"

진 씨가 놀래어 나아가 머리를 만져 보니 심히 더웠다.

진 씨가 말하였다.

"승상 병환이 하룻밤 사이에 어찌 이토록 중하십니까?"

승상이 말하였다.

"내 꿈에 정 씨와 함께 밤새도록 말했더니 내 기운이 이러하다."

진 씨가 다시 물으나 승상이 대답지 아니하고 몸을 돌이켜 눕자, 진 씨가 민망하여 시녀를 명하여 두 공주께 보고하였다.

"승상의 병환이 중하니 빨리 나와 보십시오."

영양이 말하였다.

"어제 술을 먹은 사람이 무슨 병이겠는가. 우리를 나오게 함일 뿐이다."

진 씨가 바삐 들어가 태후께 고하였다.

"승상의 병환이 중하니 사람을 알아보지 못하니 황상께 아뢰어 의원을 불러 치료하게 하십시오."

태후가 이 말을 듣고 두 공주를 불러 꾸짖어 말하였다.

"너희는 부질없이 승상을 과히 희롱했구나. 병이 중하다 하면 어찌 빨리 나가 보지 아니하느냐? 급히 나가 병이 중하거든 의원을 불러 치료하게 하라."

두 공주가 마지못하여 승상의 침소에 나와 영양은 밖에 서고 난양과 진 씨가 먼저 들어가니, 승상이 난양을 보고 두 손을 내어 두르며 눈을 굴려 사람을 알아보지 못하고 목 안으로 소리쳐 말하였다.

"내 명이 다하여 영양과 영결하고자 하는데 영양은 어디에 가고 아니 오는가?"

난양이 말하였다.

"승상은 어찌 그런 말씀을 하십니까?"

승상이 말하였다.

"오늘밤 정 씨가 와 나에게 이로되, '상공은 어찌 약속을 저버리십니까?' 하며 술을 주어 먹었더니 말을 못하겠고 눈을 감으면 내 품에 눕고 눈을 뜨면 내 앞에 서니, 정 씨가 나를 원망함이 깊은 모양인데 내 어찌 살 수 있겠는가?"

하고, 벽을 향하여 헛소리를 무수히 하고 기절하는 듯하자, 난양이 병을 보고 크게 겁내어 나와서 영양에게 말하였다.

"승상이 정 소저를 보고자 하여 병이 되었으니, 그대가 아니면 구하지 못할 것입니다. 급히 들어가 보십시오."

영양은 의심하였지만, 난양이 영양의 손을 잡아 함께 들어가니 승상이 헛소리를 하는데 모두 정 씨에 대한 말이었다.

난양이 크게 소리하여 말하였다.

"영양이 왔으니 눈을 들어 보십시오"

승상이 잠깐 머리를 들어 일어나고자 하자, 진 씨가 나아가 몸을 붙들어 일으켜 앉히니 승상이 두 공주에게 말하였다.

"내 두 공주와 백년해로하려 하였는데 지금 나를 잡아가려 하는 사람이 있으니, 나는 세상에 오래 머물지 못할 것 같습니다."

영양이 말하였다.

"상공은 어떤 재상이시기에 저런 허황된 말씀을 하십니까? 정 씨가 비록 남은 혼이 있다 한들 궁중이 깊숙하고 그윽하며 천만 귀신이 지키고 보호하는데 어찌 감히 들어오겠습니까?"

승상이 말하였다.

"정 씨가 지금 내 앞에 앉았는데 어찌 '들어오지 못하리라.' 하십니까?"

난양이 말하였다.

"옛 사람이 술잔의 활 그림자를 보고 병이 들어 죽었다더니 승상이 또 그러하십니다."

승상이 대답하지 아니하고 두 손만 내어 두르자, 영양이 병세가 흉함을 보고 다시 속이지 못하여 나아가 앉아 말하였다.

"승상이 죽은 정 씨를 이렇듯 생각하니 산 정 씨를 보면 어떠하시겠습니까? 첩이 과연 정 씨입니다."

승상이 말하였다.

"부인은 어찌 그런 말씀을 하십니까? 정 씨의 혼이 지금 내 앞에 앉아 나를 황천에 데려가 전생의 연분을 맺자 하고 잠시도 머물지 못하게 하니, 산 정 씨가 어디에 있겠소? 불과 내 병을 위로코자 하여 산 정 씨라 하지만 진실로 허망합니다."

난양이 나가 앉아 말하였다.

"승상은 의심치 마십시오. 과연 태후 낭랑이 정 씨를 양녀로 삼아 영양 공주를 봉하여 첩과 함께 상서를 섬기게 하였으니, 오늘의 영양 공주는 전일 거문고 희롱하던 정 소저입니다. 그렇지 않으면 어찌 얼굴과 말소리가 심히 같겠습니까?"

승상이 대답하지 아니하고 가만히 소리 내어 말하였다.

"내가 정가에 있을 때 정 소저에게 시비 춘운이 있었는데, 한 가지 묻고자 합니다."

난양이 말하였다.

"춘운이 영양을 뵈러 궁중에 왔다가 승상의 기후가 평안치 아니하심을 보고 밖에 대령하였습니다."

하고, 즉시 춘운을 부르니 춘운이 들어와 앉으며 말하였다.

"승상께서는 기체 어떠하십니까?"

승상이 말하였다.

"춘운 혼자만 있고 다른 사람은 다 나가시오."

두 공주와 진숙인이 나와 난간에 나와 앉았는데, 승상이 즉시 일어나 세수하고 의관을 정제해 춘운으로 하여금 '데려오라.' 하니 춘운이 웃음을 머금고 또 나와 전하자 다 들어갔다. 승상이 화양건(華陽巾)을 쓰고, 궁금포(宮錦袍)를 입고, 백옥선(白玉扇)을 들고, 안석(案席)에 비스듬히 앉았으니, 기상이 봄바람같이 호탕하고 정신이 가을 달같이 맑아 병들었던 것 같지 아니하였다.

"가까이 앉으시오."

영양이 들어온 줄 알고 웃음을 머금고 머리를 숙이고 앉았다.

난양이 말하였다.

"상공께서 기체 지금 어떠하십니까?"

승상이 정색하고 말하였다.

"요새는 풍속이 좋지 못하여 부인이 작당하고 가장을 조롱하니, 내가 비록 어질지 못하나 대신의 위치에 있어 문란해진 풍속을 바로잡을 일을 생각하여 병이 들었는데 이제는 나았으니 염려 마십시오."

영양이 말하였다.

"그 일은 첩들이 알지 못하거니와 승상의 병환이 쾌치 못하면 태후께 여쭈어 명의를 불러 치병코자 합니다."

승상이 아무리 웃음을 참고자 하였지만, 실상 '정 소저가 죽었는가?' 하였는데, 이날 밤에 소저가 살아 있는 줄을 알고 비록 속였으나 그리워하던 심사를 참지 못하고 생각하는 마음을 이기지 못하여 크게 웃어 말하였다.

"이제 부인을 지하에 가 상봉할까 하였더니 오늘 일은 진실로 꿈속입니다."

하며, 옥수를 잡고 희롱하니 원앙새가 초목 사이의 푸른 물을 만난 듯, 나비가 붉은 꽃을 본 듯 그 사랑함을 이루 헤아리지 못할 정도였다.

영양이 일어나 재배하고 말하였다.

"이는 태후께서 어지시기 때문이며 황상 폐하의 성덕과 난양

160

공주의 인후하신 덕이오니, 그 은덕은 백골이 진토 되어도 갚지 못할까 합니다. 어찌 입으로 다 말씀드릴 수 있겠습니까?"

하고, 전후 사연을 다 이야기하니, 만고에 듣지 못한 일이었다.

난양이 웃으며 말하였다.

"영양은 심덕(心德)이 아름다워서 하늘이 감동하신 것이니 첩이 무슨 관계가 있겠습니까?"

이때 태후가 이 말을 듣고 크게 웃으며 말하였다.

"내가 또한 속았구나."

하고, 즉시 승상을 불러 물었다.

"승상이 죽은 정 씨와 함께 끊어진 연분을 다시 맺으니 어떠하신가?"

승상이 땅에 엎드려 말하였다.

"성은이 망극한데 만분지일이나 다 갚지 못하올까 합니다."

태후가 말하였다.

"내가 놀린 것이 무슨 은혜라 하겠는가?"

이날 황제가 군신의 조회를 받을 때에, 신하들이 아뢰어 말하였다.

"요사이 경성(景星)이 나오고, 황하수도 맑아졌으며, 풍년이 들었고, 토번이 살던 땅이 다 항복하니 진실로 태평성대인가 합니다."

황제가 겸손하게 그 공을 신하들에게 돌리자 여러 신하가 또 말하였다.

"양소유가 요사이 태후마마의 부마가 되어 퉁소로 봉황을 길들이느라 오래도록 오지 않으니, 조정의 일이 많이 쌓였습니다."

황제가 크게 웃으며 대답하였다.

"태후마마가 매일 불러 보시니 나갈 수 없었던 것이라. 이제 내어 보내시리라."

하루는 승상이 대부인을 모시고자 하여 상소를 할 때, 말씀이 지극하고 간절하여 황제가 보고,

"양소유는 극진한 효자이다."

하고, 황금 일천 근과 비단 팔백 필과 백옥으로 꾸민 가마를 주며 말하였다.

"즉시 가서 대부인을 위하여 잔치하고 모셔 오라."

승상이 황태후께 하직할 때, 태후가 비단으로 장식된 신을 주었다. 승상이 물러 나와 두 공주와 진 씨, 춘랑을 이별하고 발행하여 낙양에 다다르니, 계섬월과 적경홍이 벌써 객관에 와서 기다리고 있었다.

승상이 웃으며 말하였다.

"내 이 길은 황명이 아니요, 사사로운 용무로 가는데 두 낭자

는 어찌 알고 왔는가?"

두 낭자가 대답하여 말하였다.

"대승상 위국공이자 부마도위(駙馬都尉)의 행차를 깊은 산골이라도 다 아는데, 첩들이 아무리 산림에 숨었은들 어찌 모르겠습니까. 또한 승상의 부귀는 천하의 으뜸이라 첩들도 즐겁거니와 소문에 두 공주를 부인 삼으셨다 하니 알지 못하겠습니다. 첩들을 받아들이시겠습니까?"

승상이 말하였다.

"한 분은 황상 폐하의 누이요, 또 한 분은 정 사도의 소저이다. 황태후가 양녀를 삼아 영양 공주를 봉하였으니 계량이 정한 바이다. 무슨 투기가 있겠는가. 두 공주가 다 유한한 덕이 있으니 두 낭자의 복이다."

섬월과 경홍이 크게 기뻐하였다.

승상이 발걸음을 옮겨 고향에 갔다.

각설이라.

승상이 십육 세에 모친께 이별하고 과거에 갔다가 다시 사 년 사이에 대승상 위국공이 된 위의를 갖추고 대부인께 돌아가 뵈니, 부인 유 씨가 손을 잡고 등을 어루만지며 말하였다.

"네가 진실로 내 아들 양소유냐? 근근이 너를 기를 때 이리 될 줄 어찌 알았겠느냐?"

하고, 반가운 마음을 헤아리지 못해 손을 잡고 눈물을 흘렸다.

승상이 조상의 무덤을 깨끗이 한 후 제사 지내고 임금께 받은 금과 비단으로 대부인을 위해 친구와 일가친척을 다 청하여 큰 잔치를 베풀고 대부인을 모셔 경성으로 올라갈 때, 각도(各道)의 수령이며 여러 고을의 태수들이 뉘 아니 모셔 따라오지 않았겠는가.

황성에 이르러 대부인을 모셔 승상부에 모시고 들어가 황제와 태후께 입조하니 황제가 불러 만나 보고 금과 비단을 많이 내려 주었다. 택일하여 임금께서 내려 준 새 집에 모시고 두 공주와 진숙인, 가유인을 다 예로써 알현하고 만조백관을 청하여 삼 일을 잔치할 때, 궁실 거처의 휘황함과 풍악 음식의 찬란함은 세상에 비할 데 없었다.

한참 후에 문지기가 고하였다.

"문밖에서 두 여자가 승상과 대부인 뵙기를 청합니다."

승상이 말하였다.

"분명 계섬월과 적경홍이다."

하고, 대부인께 고하고 부르자, 섬월과 경홍이 머리를 숙여 계단 아래에 서 뵈니 진실로 절대 가인이어서 모든 손님이 다 칭찬해 마지않았다. 진숙인이 섬월과 옛정이 있기에 서로 만나 슬픔과 기쁨을 이기지 못하였다.

영양 공주가 섬월을 불러 술 한 잔을 주어 말하였다.

"이것으로 나를 천거한 공을 사례한다."

대부인이 말했다.

"너희는 섬월에게만 사례하고 두연사의 공은 생각지 아니하느냐?"

승상이 말하였다.

"오늘날 이렇게 즐기는 것은 다 두연사의 덕이다."

하고, 즉시 사람을 자청관에 보내어 청했으나, 두연사는 촉나라에 들어가고 없었다.

이로부터 승상부 창기 팔백 인을 동부와 서부로 나누어, 동부 사백은 섬월이 가르치고, 서부 사백 인은 경홍이 가르치니 가무가 날로 새로워, 비록 이원(梨園)의 배우들이라도 미치지 못할 정도였다.

하루는 공주와 여러 낭자가 대부인을 모셔 앉았는데, 승상이 한 편지를 들고 들어와 난양을 주어 말하였다.

"이는 월왕의 편지이니 보십시오."

난양이 펴 보니 다음과 같았다.

"지난번 국가에 일이 많아 낙유원(樂遊原)에 말을 머물게 하는 좋은 기회와 곤명지(昆明池)에서 배 타고 노는 즐거운 일을 이제껏 못 하였는데, 지금 황상의 넓으신 덕과 승상의 공명을 힘입어 천하태평하였으니, 원컨대 승상과 함께 봄빛을 구경코자 합니다."

난양이 승상께 말하였다.

"월왕의 뜻을 아시겠습니까?"

승상이 말하였다.

"봄빛을 잠깐 즐기려는 것 아닙니까?"

난양이 말하였다.

"월왕의 뜻이 본디 풍류를 좋아하여 무창(武昌)의 명기(名妓) 만옥연을 얻어 두고, 승상 궁중에서 보았던 미인들과 한 번 다투어 보고자 하는 것입니다."

승상이 웃으며 말하였다.

"과연 그렇소이다."

영양 공주가 말하였다.

"그렇다면 아무리 노는 일이라도 어찌 남에게 질 수야 있겠습니까?"

하고, 계섬월과 적경홍을 쳐다보며 말하였다.

"군병을 십 년 가르치기는 한 번 싸움의 승패를 위한 것이니, 이날 승부는 다 두 낭자에게 있다. 부디 힘써 하라."

섬월이 말하였다.

"월궁의 풍류는 일국의 으뜸이요, 만옥연은 천하의 절색입니다. 첩의 얼굴과 음율이 다 부족하니 누를 끼치게 될까 두렵습니다."

경홍이 이 말을 듣고 큰 소리로 말하였다.

"섬랑, 우리 두 사람이 관동 칠십여 주를 돌아다녔지만 당할 사람이 없었는데, 만옥연 한 사람을 두려워하는가?"

섬월이 말하였다.

"홍랑은 어찌 이처럼 자신하는가?"

하고, 승상께 고하였다.

"'교만한 사람과 하는 일은 반드시 잘못된다.'고 하는데, 홍랑의 말이 과하니 패배할 것 같습니다. 또 홍랑의 얼굴이 아리따우면 승상이 어찌 남자로 속으셨겠습니까?"

영양이 말하였다.

"홍랑의 얼굴이 부족한 것이 아니라 승상의 눈이 밝지 못한 것이지요."

승상이 크게 웃으며 말하였다.

"부인도 눈이 있으면 어이 남자인 줄을 모르셨습니까?"

모든 사람이 크게 웃었다.

이럭저럭 월왕과 모이는 날이 되자, 승상이 의복과 안장 얹은 말을 각별히 가다듬어 모양을 내고 계섬월과 적경홍 등 팔백 창기를 거느려 좌우에 모시게 하니, 진실로 춘삼월 복숭아꽃 속이었다. 월왕이 또한 풍류를 성대히 갖추고 승상을 맞아 서로 자리를 정한 후에, 승상과 월왕이 말도 자랑하고 활 쏘는 법도 시험하여 서로 칭찬하는데 문득 심부름하는 사람이 고하였다.

"어린 내시가 어명을 모셔 왔습니다."

월왕과 승상이 놀라 일어나 맞이하니, 어린 내시가 임금이 내려준 황봉주(黃封酒)를 부어 권하며 말하였다.

"글제를 받들어 글을 지으라 하셨습니다."

월왕과 승상이 머리를 조아려 재배하고 각각 사운(四韻) 시를 지어 보냈다.

이때 여러 빈객은 차례대로 쭉 벌여 앉았고 좋은 술과 맛난 안주를 한꺼번에 올리니, 위엄이 찬란하고 음식이 난만하였다. 각각 풍류와 온갖 노래는 서왕모의 요지연(瑤池宴)과 한무제의 백량대(柏粱臺)라도 미치지 못하였다.

월왕이 승상에게 말하였다.

"승상께 조그마한 정성을 아뢰고자 하니 소첩 등을 불러 가무(歌舞)로써 승상을 즐겁게 하고자 합니다."

승상이 말하였다.

"제가 감히 대왕의 궁인과 상대하겠습니까? 저 또한 시첩을 시켜 재주를 아뢰어 대왕의 흥을 돕고자 합니다."

이에 계섬월과 적경홍과 월궁의 네 미인이 나와 뵈니 승상이 말하였다.

"옛날 현종 황제 시절에 궁중에 한 미인이 있었는데 이름은 부운이요, 얼굴은 일색이었습니다. 이태백이 그 미인을 보고자 황제께 청하였지만 겨우 말소리만 듣고 얼굴을 보지 못하였는데, 저는 대왕의 네 선녀를 보니 천상 선인인가 하거니와 저 미인의 이름은 무엇이라 합니까?"

월왕이 말하였다.

"저 미인은 금릉의 두운선이요, 진류의 소채아요, 무창의 만옥연이요, 장안의 호영영입니다."

승상이 말하였다.

"만옥연의 이름을 들은 지 오래되었는데, 그 얼굴을 보니 과연 소문과 같습니다."

월왕이 또 섬월의 성명을 들은 바 있어 물어 말하였다.

"이 두 낭자를 어디서 얻으셨습니까?"

승상이 말하였다.

"제가 과거 보러 오는 날에 마침 낙양 땅에서 섬월은 제 스스로 좇아왔고, 경홍은 연나라를 치러 갈 때 한단 땅에서 스스로 좇아왔습니다."

월왕이 손뼉 치고 크게 웃으며 말하였다.

"승상이 한림을 띠고 황금인을 차고 도적을 쳐 승전하고 돌아오니 적 낭자가 알아보기는 쉬웠겠지만, 계 낭자는 승상이 곤궁할 때 부귀할 줄을 알았으니 기특하구나."

하고, 술을 가득 부어 섬월에게 상으로 주었다.

승상과 월왕이 장막 밖의 무사들이 활 쏘고 말 달리는 것을 보고 있다가 월왕이 말하였다.

"미인이 말 타고 활 쏘는 모습은 볼 만합니다. 내 궁녀 수십 인을 가르쳤는데, 승상 부중(府中)에도 그런 미인이 있습니까? 원컨대 각각 뽑아서 함께 활을 쏴 꿩과 토끼를 사냥하며 즐거움을 맛보십시다."

승상이 크게 기뻐하여 즉시 수십 인을 뽑아 월궁녀와 승부를 다툴 때, 경홍이 고하여 말하였다.

"비록 활을 잡아 보지는 아니하였으나 남이 활 쏘는 것을 익히 보았으니 잠깐 시험코자 합니다."

승상이 기뻐하며 즉시 찬 활을 끌러 주었다.

경홍이 여러 미인에게 말하였다.

"비록 마치지 못하여도 웃지 말라."

하고, 말에 올라 채찍질을 하는데 마침 꿩이 날자 쏴 말 아래에 떨어뜨리니, 승상과 월왕이 다 놀라고 월궁 미인이 모두 탄복하며 말하였다.

"우리는 십 년 헛공부를 하였다."

그러자 계섬월과 적경홍이 말하였다.

"우리 두 사람이 월왕의 미인들에게 첫 자리를 사양하는 것은 아니지만 외로워 안타깝구나."

이때 문득 바라보니 두 미인이 수레를 타고 장막 밖에 와 고하였다.

"양 승상의 소실입니다."

하고, 수레에서 내리거늘 보니 하나는 심요연이요, 또 하나는 완연히 꿈속에서 보던 동정 용녀였다.

이들이 승상께 절하며 알현하니 승상이 월왕을 가리켜 말하였다.

"이분은 월왕 전하이시다."

두 사람이 예로써 알현하였다.

두 사람이 계섬월, 적경홍과 함께 앉아 있는데 승상이 월왕에게 말하였다.

"저 두 사람은 내가 토번을 정벌할 때 얻었지만 미처 데려오지 못하였는데, 오늘 이 성대한 모임을 듣고 온 듯합니다."

왕이 그 두 사람을 보니 자색이 섬월과 같았지만 고고한 태도와 뛰어난 기운은 더하였다. 왕이 기이히 여기고 월궁의 미인들도 모두 안색이 바뀌었다.

왕이 물어 말하였다.

"두 낭자는 어디 사람이며 성명은 누구냐?"

하나가 말하였다.

"첩은 심요연입니다."

하자, 또 하나가 말하였다.

"백능파입니다."

왕이 말하였다.

"두 낭자에게 무슨 재주가 있느냐?"

요연이 말하였다.

"변방 밖 사람이라 사죽(絲竹) 소리를 듣지 못하였으니 대왕께서 즐기실 바는 없지만, 다만 허랑한 검술을 배워 용진(龍陳)은 압니다."

월왕이 크게 기뻐하여 승상에게 말하였다.

"현종 조에 공손대랑이 검무로 유명하였지만 후세에 전해지지 않아 항상 두보의 글만을 읊고 쾌히 보지 못함을 한탄하였는데, 낭자가 능히 하면 즐거울 일이다."

그러자 승상이 차고 있던 칼을 끌러 주었다.

요연이 한 곡조를 추는데, 몸과 칼을 자유자재로 변화하여 신통 기이한 솜씨를 보이자 왕이 놀라 정신을 잃었다가 한참 후에 말하였다.

"세상 사람이야 어찌 저럴 수 있겠는가, 낭자는 진실로 신선이구나."

또 능파에게 물으니 대답하여 말하였다.

"첩은 상강 가에 살기에 항상 비파 타는 노래를 때때로 익혔는데, 귀한 분께서도 들을 만하실 것입니다."

왕이 말하였다.

"상비의 비파 소리를 옛사람의 시구를 통해서나 알 수 있었을 뿐이다. 낭자가 능히 하면 이 또한 즐거울 일이다. 어서 타라."

능파가 한 곡조를 타니 맑은 노래와 신통한 술법이 사람을 슬프게 하고 조화를 아는 듯하였다.

왕이 기이히 여겨 말하였다.

"진실로 인간의 곡조가 아니다. 정말로 선녀로구나."

날이 저물어 잔치를 파하니 춤과 노래에 감탄하여 상으로 내린 금과 비단이 헤아리지 못할 정도였다. 승상과 월왕이 각각 풍류를 여러 가지로 갖추어 성문에 들어오니 장안 사람이 모두 구경하는데, 백 세 노인도 감탄하며 말하였다.

"현종 황제가 화청궁(華清宮)에 거동하실 때 위엄이 이와 같았는데 오늘 또다시 보는구나."

이때 두 공주가 춘운을 데리고 대부인을 모셔 승상이 돌아오기를 밤낮으로 기다렸다.

각설.

이때 승상이 당에 오르자 좌우가 다 놀랐다. 심요연과 백능파 두 사람을 대부인과 두 공주께 뵈니 영양 공주가 말하였다.

"전일 승상이 두 낭자의 공로를 칭찬하여 일찍 보고자 하였는데 어찌 이리 늦었느냐?"

요연과 능파가 말하였다.

"첩 등은 먼 지방의 천인입니다. 비록 승상의 한 번 돌아보신 은혜를 입었으나 두 부인께서 한 자리 땅을 허락하지 않으실까 두려워 감히 오지 못하였습니다. 서울에 들어와 두 공주께서 관저(關雎)와 규목의 덕이 있으심을 듣고 이제야 나아와 뵙고자 했는데, 마침 승상께서 성대히 노신다는 것을 듣고 외람되게 참여하고 돌아오니 첩 등의 영광스러운 행운인가 합니다."

난양 공주가 웃으며 말하였다.

"우리 궁중에 춘색(春色)이 난만한 것은 다 우리 형제의 공이니 승상은 아십니까?"

승상이 크게 웃으며 말하였다.

"저 두 사람이 새로 와 공주의 위풍이 두려워 아첨하는 말을 공주는 공을 삼고자 합니까?"

모두가 크게 웃었다.

영양 공주가 경홍과 섬월에게 물어 말하였다.

"오늘 승부는 어떠했는가?"

경홍이 말하였다.

"섬랑이 내 큰소리를 비웃었는데 내 한마디로 월궁 미인들의 기운을 꺾었으니 섬랑에게 물으시면 아실 것입니다."

섬랑이 말하였다.

"홍랑의 말 타고 활 쏘는 재주는 절묘하다 할 것이지만, 저 월궁 미인의 기운을 꺾은 것은 다 새로 온 두 낭자의 자색과 재주 때문입니다."

그 이튿날 승상이 황상께 입조할 때, 태후가 승상과 월왕을 보니 두 공주는 벌써 들어가 모시고 있었다.

태후가 월왕에게 말하였다.

"어제 승상과 춘색을 다투었다 하더니 승부는 어떠했는가?"

월왕이 말하였다.

"승상의 복은 보통 사람과 같을 바가 아닙니다. 다만 공주에게도 복이 되겠습니까? 원컨대 낭랑은 이 말씀으로 승상을 심문하십시오."

승상이 말하였다.

"월왕이 신에게 졌단 말은 이태백이 최호의 시를 겁내는 것과 같습니다. 공주에게 복이 되고 아니 됨은 공주에게 물으십시오."

공주가 대답하여 말하였다.

"부부는 한 몸이니 영욕고락(榮辱苦樂)이 어찌 다르겠습니까?"

　월왕이 말하였다.

　"누이의 말이 비록 좋으나 자고로 부마 중에 누가 승상같이 방탕하였겠습니까? 청컨대 부디 승상을 벌하여 주십시오."

　태후가 크게 웃고 술 한 잔으로 벌하였다. 승상이 크게 취하여 돌아올 때는, 두 공주도 함께 왔다. 이에 대부인이 물어 말하였다.

　"전에도 선온(임금이 내린 술)의 명이 있었지만 이처럼 취하지 아니하였는데, 어찌 오늘은 과히 취하였는가?"

　승상이 말하였다.

　"공주의 오라비인 월왕이 태후께 고자질하여 소자의 죄를 지어 내었는데 마침 말씀을 잘 드려 한 말 술로 벌을 받았습니다. 소자가 만일 주량이 약했으면 거의 죽을 뻔하였으니, 대개 월왕이야 낙원에서 진 일을 설욕하려 한 일이겠지만, 난양도 내가 희첩(姬妾)이 많음을 시기하여 그 오라비와 함께 나를 모해하였으니, 모친은 한 잔 술로 난양을 벌하여 소자를 설욕하여 주십시오."

　대부인이 크게 웃으며 말하였다.

　"공주가 비록 술을 먹지 못하나 취객을 위하여 마다하지는 못할 것이다."

대부인이 이렇게 말하고 시녀를 시켜 난양에게 벌주 잔을 보냈다. 난양이 받아 마시려 하자 승상이 의심하여 잔을 빼앗아 맛보려 하므로 난양이 급히 바닥에 쏟아 버렸다. 승상이 잔 바닥에 남은 술을 찍어 맛보니 설탕물이었다. 승상이 시녀에게 술을 가져오도록 하여 손수 한 잔 가득 부어 난양에게 보냈다.

난양이 마지못하여 받아 마시자, 승상이 대부인에게 다시 말했다.

"태후께서 저를 벌하신 것이 난양의 계교이기는 하지만 영양도 간여함이 없지 않고, 또 제가 태후 앞에서 머리를 조아려 사죄하는 모습을 보고 난양과 함께 서로 눈을 주며 웃었으니 그 마음을 측량하지 못하겠습니다. 영양도 벌하소서."

대부인이 웃으며 또 한 잔을 영양에게 보내자, 영양이 일어나 받아 마시고 잔을 돌려주었다. 대부인이 다시 말하였다.

"태후마마께서 소유를 벌하신 것은 첩들이 있기 때문이다. 이로 인하여 부인이 둘씩이나 벌주를 마셨으니 첩들이 어찌 편안하겠소. 경홍, 섬월, 요연, 능파에게도 모두 한 잔씩 벌주를 내리라."

술이 내려지자 네 사람이 꿇어앉아 한 잔씩 받아 마셨다.

섬월과 경홍이 대부인에게 말하였다.

"태후마마께서 승상을 벌하심은 첩들이 있음을 책망하심이지, 낙유원 잔치에서 이겼기 때문이 아니오이다. 요연과 능파는 아직 승상의 잠자리를 받들지 못하여 부끄러운 낯을 들지 못하는데도 저희와 함께 벌주를 마셨으나, 춘운은 승상을 저렇듯 오로지 모시면서도 낙유원에 가지 않아 벌을 면하였으니 주시는 정이 공평하지 않습니다."

대부인이 그렇다고 하고 큰 잔으로 춘운을 벌하니 춘운이 웃음을 머금고 받아 마셨다.

이렇듯 모든 사람이 두루 벌주를 마셔 자못 시끌시끌하고, 난양은 술에 부대껴 못 견뎌하는데 채봉만은 단정히 앉아 말도 하지 않고 웃지도 아니하였다.

승상은 요연과 능파의 성품이 산과 물을 좋아한다 하여 화원 가운데에 거처를 정하였다. 맑은 물이 강같이 넓은 호수 한가운데 화려하게 색칠한 누각을 짓고 영일루라 이름 지어 능파가 거처하게 하고, 못의 북쪽에 산을 만들어 온갖 옥이 우뚝하고 늙은 소나무와 여윈 대나무 그늘이 섞인 사이에 정자를 짓고 빙설헌이라 이름 지어 요연이 거처하게 하였다. 그리하여 부인네들이 화원에서 놀 때면 이 두 사람이 주인이 되었다.

"낭자의 신통한 변화를 구경할 수 있을까?"

부인들이 능파에게 묻자, 능파가 대답하였다.

"그것은 저의 전신인 용녀일 때 한 일입니다. 천지조화의 힘으로 사람의 몸을 얻을 때 벗어 놓은 허물과 비늘이 산같이 쌓였으니, 참새가 변하여 조개가 된 후에 어찌 감히 두 날개로 하늘을 날 수 있겠소?"

요연도 승상과 부인들 앞에서 이따금 검무를 추어 즐기게 하기는 하나 또한 자주 하려 하지 않고 말하였다.

"처음에 검술을 빌려 승상을 만나기는 하였으나, 이것은 죽이고 치는 놀이이니 보통 때 볼 만한 것이 아니오이다."

이후로 두 부인이 육 낭자와 서로 즐기는 뜻이 고기가 물에서 놀고 새가 구름에서 나는 것 같아서 서로 은정을 잊지 못하니, 비록 두 부인 현덕(賢德)에 감화받아서였지만 대개 남악산에서 발원한 때문이었다.

하루는 두 공주가 서로 의논하여 말하였다.

"옛 사람이 자매 형제가 혹 남의 아내도 되고 혹 남의 첩도 되었는데, 우리 이 처 육 첩은 의가 골육 같고 정이 형제 같으니 어찌 천명이 아니겠는가. 타고 난 성이 한가지가 아니고 지위의 높고 낮음이 같지 않음은 족히 거리낄 일이 아니다. 마땅히 의자매가 되어서 일생을 지내는 것이 어떠한가?"

육 낭자가 다 겸손히 사양하고 춘운과 섬월이 더욱 응치 아니하자, 정부인이 말하였다.

"유비, 관우, 장비 세 사람은 군신 사이였지만 형제의 의가 있었고, 세존의 처와 등가여자(登伽女子)는 높고 낮음이 현격히 차이가 났지만 함께 제자가 되었으니, 당초 미천함이 앞날을 성취하는 데 무엇이 관계하겠는가?"

두 공주가 이에 육 낭자를 데리고 관음화상 앞에 나아가 분향 재배한 후, 의자매의 맹세를 하고 글을 지었다.

"모년 모월 모일에 제자 정경패, 이소화, 진채봉, 기춘운, 계섬월, 적경홍, 심요연, 백능파는 삼가 남해 대사께 말씀드립니다. 저희 제자 여덟 사람은 비록 각각 다른 집에서 태어나 자랐으나 모두 함께 한 사람을 섬겨 뜻과 정이 꼭 같사오니 오늘부터 자매가 되어 생사고락을 함께하고, 누구든 다른 마음을 가지면 천지가 용납하지 아니할 것을 맹세하나이다. 대사께서는 복을 내리시고 재앙을 덜어 백 년 후에 다 함께 극락세계로 가게 해 주소서."

이후 육 낭자가 오히려 명분을 지키어 말이 공순하나 정의는 더 각별하였다.

여덟 사람이 각각 자녀를 두었다. 양 부인, 춘운, 섬월, 요연, 경홍은 아들을 낳았고, 채봉, 능파는 딸을 낳았는데, 모두 한 번 출산한 후에 다시는 잉태하지 않으니 낳고 기르는 데 괴로움이 없었다.

이때 천하가 아주 태평하여 승상이 나면 현명한 임금을 모셔 후원에서 사냥하고, 들면 대부인을 모셔 북당에서 잔치하니 이럭저럭 세월이 물 흐르는 듯하였다.

승상이 장상(將相)이 되어 권세를 잡은 지 이미 수십 년이었다. 대부인이 천수(天壽)를 다하고 별세하자 승상이 슬퍼 야윔이 과도하였다. 임금과 왕비가 중사(中使)를 보내 위로하고 왕후례(王后禮)로 장사 지내게 하였으며, 정 사도 부부가 또한 세상을 떠났으니 승상이 서러워하기를 정부인과 같이 하였다.

승상에게 육남 이녀가 있었다. 맏아들은 대경이니 정부인의 소생으로 이부상서(吏部尙書)를 하고, 둘째는 차경이니 적 씨의 소생으로 경조윤(京兆尹)을 하고, 셋째는 순경이니 가 씨의 소생으로 어사중승(御史中丞)을 하고, 넷째는 계경이니 난양의 소생으로 병부시랑(兵府侍郞)을 하고, 다섯째는 오경이니 계 씨의 소생으로 한림학사(翰林學士)를 하고, 여섯째는 치경이니 심 씨의 소생으로 나이 열다섯에 용력이 절륜하여 금오상장군(金吾上將軍)이 되었다. 맏딸의 이름은 전단이니 진 씨의 소생으로 월왕의 며느리가 되었고, 차녀의 이름은 영락이니 백 씨의 소생으로 황태자의 첩여가 되었다.

승상이 일개 서생으로 환란을 평정하고 태평을 이루어 공명부귀가 곽분양(郭汾陽)과 명성을 나란히 하였지만, 곽분양은 육

십에 상장(上將)이 되었는데 승상은 이십에 장상(將相)이 되어 위로 임금의 마음을 얻고 아래로는 인망이 있어 부디 복을 누리기는 천고에 없는 일이었다.

승상이 나라의 큰 명령 아래에 있은 지 오래인 데다가 누리는 것이 너무 넘치고 가득하다고 생각하여 벼슬을 돌려드리며 '조정에서 물러가고자 합니다.'라고 상소하였지만 황제가 만류하였다. 그 후 또 상소하여 뜻을 간절히 하자, 황제가 친필로 답장을 써 말하였다.

"경의 높은 절개를 이루어 주고자 하지만, 황태후께서 승하하신 후에 어찌 차마 두 공주를 멀리 떠나 보낼 수 있겠는가? 성남 사십 리에 별궁이 있으니 이름은 취미궁(翠微宮)이다. 이 궁이 한적하니 경이 은거함이 마땅하다."

하고, 승상에게 위국공(魏國公)을 봉하고 오천 호를 더 상으로 주었으며 승상의 인수(印綬)를 거두었다.

승상이 큰 은혜에 더욱 감격하여 즉시 취미궁으로 가니, 이 궁은 종남산 가운데 있어 누대(樓臺)가 장려하며 경치가 아주 빼어나 진실로 봉래(蓬萊) 선경(仙景)이었다.

승상이 그 정전(正殿)을 비워 나라의 조지(詔旨)와 임금이 지은 시문(詩文)을 받들어 모시고 그 남은 누각과 정자는 두 공주와 여러 양자가 나누어 거처케 하였다.

승상이 두 부인과 육 낭자를 데리고 물에 다다라 달빛을 즐기고 산에 들어가 매화를 찾아, 혹 시로 화답하며 거문고도 타니 만년의 조용한 복을 뉘 아니 부러워하겠는가. 팔월 보름날은 승상의 생일이어서 모든 자녀가 다 헌수(獻壽)하여 잔치하니, 그 번화한 모습은 비할 데 없었다.

이럭저럭 구월이 당하니 국화가 만발하여 구경하기 좋은 때였다. 취미궁 서편에 한 높은 누각이 있으니 올라 보면 팔백 리 진천이 손바닥 펼친 모양으로 훤히 보였다. 승상이 부인과 낭자들을 데리고 올라가 가을 경치를 즐기는데, 어느덧 석양은 기울어지고 구름은 낮게 깔려 가을빛이 찬란하니, 마치 그림 속 같았다.

승상이 옥통소를 내어 한 곡조를 부니 그 소리가 처량하였다. 형경이 역수(易水)를 건널 때 고점리가 비파를 켜고, 초패왕이 해하(垓下)에서 삼경에 우미인을 이별하는 노래 같았다. 미인이 모두 슬픔을 이기지 못하니, 두 부인이 물어 말하였다.

"승상이 일찍이 공명을 이루고 오래 부귀를 누려 오늘날 좋은 풍경을 당하였는데, 통소 소리가 처량하여 전일과 다르니 어찌된 일입니까?"

승상이 옥통소를 던지고 난간에 기대어 밝은 달을 가리키며 말하였다.

"동쪽을 바라보니 진시황의 아방궁(阿房宮)이 풀 속에 외롭게 서 있고, 서쪽을 바라보니 한무제의 무릉이 가을 풀 속에 쓸쓸하며, 북쪽을 바라보니 당명황의 화청궁(華淸宮)에 빈 달빛뿐이라오. 이 세 임금은 천고의 영웅이어서 사해(四海)로 집을 삼고 억조창생(億兆蒼生)으로 신첩을 삼아 해와 달과 별을 돌이켜 천세를 지내고자 하였지만 이제 어디 있는가?

나는 하동의 한 베옷 입던 선비로 다행히 현명하신 임금을 만나 벼슬이 장상(將相)에 이르고 또 여러 낭자와 함께 서로 만나 정이 두텁고 심정이 늙도록 더 긴밀하니, 전생연분이 아니면 어찌 그러하겠소? 연분이 있어 모이고 연분이 다하면 흩어지기는 천리로써 당연한 일이오. 우리 한 번 돌아가면 높은 누각과 굽은 연못과 노래하던 궁전과 춤추던 정자들이 거친 풀과 쓸쓸한 연기로 적막한 가운데 나무하는 아이와 풀 뜯어 마소 치는 아이들이 손가락질하여 이르되, '양 승상이 낭자와 함께 놀던 곳이다.' 하리니 어찌 슬프지 아니하겠소.

천하에 세 가지 도가 있으니 유도(儒道)·선도(仙道)·불도(佛道)라오. 유도는 윤리와 기강을 밝히고 사업을 귀하게 여겨 이름을 죽은 후에 전할 따름이요, 선도는 허망하니 족히 구할 것이 아니라오. 내 근래에 꿈을 꾸면 항상 부들방석 위에서 참선하는 것을 보게 되니, 불가에 반드시 인연이 있는 것 같소. 내 장차 장자방이 적송자를 좇은 것같이 하여 남해를 건너 관음(觀音)을 뵙고, 의대(義臺)에 올라 문수 보살에게 예불하여, 불생불멸의 도를 얻고자 하나, 다만 그대들과 함께 반평생을 서로 의지하다가 장차 멀리 이별하려 하니 자연 비창한 마음이 퉁소 소리에 나타난 모양이오."

여러 낭자도 다 남악 선녀로서 세속의 인연이 장차 다한 가운데 승상의 말씀을 들으니 어찌 감동치 아니하겠는가?

다 같이 말하였다.

"상공이 번화한 중에 이 마음이 있으니 분명 하늘의 뜻입니다. 첩 등 여덟 사람이 마땅히 아침저녁으로 예불하여 상공을 기다릴 것이니, 상공은 밝은 스승을 얻어 큰 도를 깨달은 후에 첩 등을 가르치십시오."

승상이 크게 기뻐하며 말하였다.

"우리 아홉 사람의 마음이 서로 맞으니 무슨 근심이 있겠소. 나는 내일 떠날 것이니, 오늘은 낭자들과 실컷 취하리다."

여러 낭자가 술을 내어와 작별하려 할 때, 문득 지팡막대 끄는 소리가 난간 밖에서 나 여러 사람이 다 의심하였다.

한참 후에 한 노승이 나타났는데, 눈썹은 한 자나 길고 눈은 물결 같아 얼굴과 행동이 보통의 중은 아니었다.

대 위에 올라 승상과 자리를 맞대고 앉아 말하였다.

"산야의 사람이 대승상을 뵙니다."

승상이 일어나 답례하여 말하였다.

"사부(師父)는 어디에서 오셨습니까?"

노승이 웃으며 말하였다.

"승상은 평생 사귀던 오랜 벗을 모르십니까?"

승상이 한참 보다가 깨닫고 여러 낭자를 돌아보며 말하였다.

"내 토번을 치러 갔을 때 꿈에 동정호에 갔다가 남악산에 올라 늙은 화상이 제자를 데리고 강론하는 모습을 보았는데, 사부가 바로 그분이십니까?"

노승이 박장대소하며 말하였다.

"옳소! 옳소! 그러나 승상은 꿈속에서 한 번 본 것만 기억하고, 십 년을 같이 산 일은 생각하지 못하십니까?"

승상이 멍한 채로 말하였다.

"십육 세 이전은 부모의 곁을 떠나지 아니하고, 십육 세 후는 벼슬하여 임금을 섬겨 분주하여 겨를이 없었는데, 어느 때 사부를 좇아 십 년을 놀았겠습니까?"

노승이 웃으며 말하였다.

"승상이 오히려 꿈을 깨닫지 못하였소."

승상이 말하였다.

"사부께서 저를 깨닫게 하시겠습니까?"

노승이 말하였다.

"이 어렵지 않다."

하고, 막대기를 들어 난간을 치니, 문득 흰 구름이 일어나 사면에 두루 껴 지척을 분간치 못할 지경이었다.

승상이 크게 불러 말하였다.

"사부는 바른 도리로 가르치지 아니하시고 어찌 환술(幻術)로 희롱하십니까?"

승상이 채 말을 마치기도 전에 구름이 걷히며 노승과 두 부인 육 낭자는 간 데 없었다. 승상이 크게 놀라 자세히 보니 누대 궁궐은 간 데 없고, 몸은 홀로 작은 암자 가운데 앉아 있었다. 손으로 머리를 만지니 새로 깎은 흔적이 송송하고 백팔염주가 목에 걸려 있으니 다시는 대승상의 위엄은 없고, 단지 연화도량의 성진 소화상(小和尙)이었다.

다시 생각하니,

'당초 사부의 책망을 받고 황건역사를 따라 지옥 풍도로 갔고, 거기서 인간 세상으로 쫓겨나 양 씨 집안의 아들로 태어났지. 장성하여 장원 급제하고 한림학사가 되었고, 전쟁에 나가서는 장수가 되고, 조정에 들어가서는 재상이 되어 공명을 이루었구나. 그 후 조정에서 물러나 두 공주와 여섯 낭자에 의지하여 즐긴 것이 모두 다 하룻밤 꿈이었단 말인가? 이것은 사부가 나

의 잘못을 깨닫게 하고자 인간 세상에 나가 부귀영화와 남녀 정
욕을 한 번 알게 하신 것이 분명하구나.'

하고, 즉시 새암에 가 세수한 후, 장삼(長衫)을 바로 입고 고깔을
뚜렷이 쓰고 방장(房丈)에 들어가니 모든 제자가 모여 있었다.

대사가 큰 소리로 말하였다.

"성진아, 인간 세상의 재미가 어떠하더냐?"

성진이 머리를 땅에 두드리며 눈물을 흘려 말하였다.

"이제야 깨달았습니다. 성진이 함부로 굴어 도심(道心)이 바
르지 못했으니, 마땅히 이승에서 앙화(殃禍)를 받아야 하는데
사부께서 한 꿈을 불러 일으켜 성진의 마음을 깨닫게 하시니,
사부의 은덕은 천만 년이라도 갚지 못하겠습니다."

대사가 말하였다.

"네 흥을 띠어 갔다가 흥이 다하여 왔으니 내가 무슨 간섭하
겠느냐? 또 너는 인간 세상에 윤회하는 것을 꿈꾸었다 하는데,
이것은 네가 세상과 꿈을 다르다고 하는 것이다. 너는 아직도
꿈을 깨지 못하였구나."

"제자가 어리석어 꿈과 참을 알지 못하니, 사부께서는 불법
을 가르쳐 깨닫게 해 주소서."

성진이 재배하여 사죄하고, 꿈 깸을 청하였다.

"이제 불경인《금강경(金剛經)》큰 법을 말하여 너의 마음을

깨닫게 하려니와 새로 오는 제자가 있을 것이니 잠깐 기다려라."

말이 끝나자 문 지키던 도인이 들어와 말하였다.

"어제 다녀간, 위부인 밑에 있는 팔 선녀가 또 와서 스승께 뵙고자 합니다."

대사가 들어오라 하자, 팔 선녀가 대사 앞에 나아와 합장하고 머리를 조아리며 말하였다.

"제자 등이 비록 위부인을 모셨으나 실로 배운 것이 없기에 세속 정욕을 잊지 못해 중한 책망을 입었는데, 대사께서 구제하심을 입어 한꿈을 깨고 돌아왔으니, 제자가 되어 같은 길을 가게 해 주십시오."

"여선(女仙)의 뜻이 비록 아름다우나 불법은 깊고 멀어서, 큰 역량과 큰 발원이 아니면 능히 이르지 못하나니, 선녀는 모름지기 스스로 헤아려 하라."

팔 선녀는 물러가 낯 위의 연지분을 씻어 버리고 각각 소매에서 금전도(金剪刀, 금으로 만든 가위)를 내어 흑운(黑雲) 같은 머리를 깎고 들어와 다시 말하였다.

"제자들이 이미 얼굴이 변하였으니, 사부 교령(教令)에 태만치 아니할 것을 맹세하겠습니다."

대사가 크게 웃으며 말하였다.

"선재(善哉), 선재라(좋고 좋도다)! 너희 팔 인이 능히 이렇듯 하니 진실로 좋은 일이로다."

대사가 마침내 법좌에 올라 경문(經文)을 강론(講論)하자, 부처의 두 눈썹 사이의 하얀 빛이 세계를 비추고 하늘에서 연꽃이 비같이 내렸다.

대사는 설법을 마치고 말하였다.

"모든 유위의 법은 꿈 같고, 환각 같고, 물방울 같고, 그림자 같으며, 이슬 같고, 번개 같으니 마땅히 이와 같이 볼 것이다."

그러자 성진과 여덟 여승이 동시에 깨달아 불생불멸(不生不滅)할 정과(正果, 바른 깨달음의 열매)를 얻었다.

대사는 성진의 계행(戒行, 계율을 잘 지켜 닦는 행위)이 높고 순숙(純熟, 아주 익숙함)함을 보고 대중을 모아 놓고 말하였다.

"내 본디 도를 전하려고 중국에 들어왔도다. 그러나 이제 부처의 정법을 전할 사람이 있으니 나는 돌아가노라."

대사는 말을 마치자, 가사와 염주와 바리, 정병(淨甁)과 석장(錫杖)과 《금강경》을 성진에게 주고 천축국으로 돌아갔다.

이후에 성진이 연화도량의 대중을 거느려 크게 교화를 베푸니, 신선과 용신과 사람과 귀신 모두 육관대사처럼 존중하였다. 또한 여덟 여승은 성진을 스승으로 섬겨 깊이 보살의 도를 얻어 마침내 아홉 사람이 다 함께 극락세계로 갔다.